CB080847

# consigo inventar tudo

Copyright © Julia Barandier, 2025

*Editores*
Jeferson Tenório
João Nunes Junior
María Elena Morán

Capa: Cintia Belloc
Ilustração: Louis Boulanger
Projeto gráfico: Lia Petrelli
Revisão: Paulo Tassa

Dados Internacionais de Catalogação

Consigo inventar tudo / Julia Barandier. - 1. ed. -
Porto Alegre : Diadorim Editora, 2025.
94 p. ; 14cm x 21cm.
ISBN: 978-65-987116-1-0
1. Artes. 2. Ficção brasileira I. Titulo.

25-280008
CDD-B869.3

Elaborado por Aline Graziele Benitez - CRB-1/3129
Índice para catálogo sistemático:
1. Ficção : Literatura Brasileira

Todos os direitos desta edição reservados à

DIADORIM
EDITORA

Diadorim Editora
Rua Antônio Sereno Moretto, 55/1201 B
90870-012 - Porto Alegre - RS

# consigo inventar tudo

JULIA BARANDIER

DIADORIM EDITORA

Para Leon

*festa*
*numa família*
*por tradição*
*há quem comece a despedida*

LOLITA CAMPANI BERETTA,
*Caminhávamos pela beira*

Os escritores estão sempre traindo alguém.

JOAN DIDION, Rastejando até Belém

O Pintor

Esta aqui é uma forma de pintar um quadro. É a minha forma de pintar um quadro, a única que conheço: palavra polindo palavra, a poeira dos versos. Claude poderia ter escolhido Aquiles, Odisseu, Apolo, Zeus. Claude escolheu Ajax. Quase todos os outros quadros dele são retratos e nada têm a ver com esse herói empapado de tinta, com tanta textura, volume e brutalidade que me fazem pensar sim, esse ele pintou porque quis. A espada é o centro da obra, atravessa o corpo de Ajax de baixo para cima. Ela começa nas mãos firmes do guerreiro e termina atrás de suas costas. Espada enorme, nem um pouco proporcional, como se fosse um longo e fino espelho dourado. O rosto de Ajax é tão limpo de dor e surpresa que beira uma contradição.

Quando Marco me convidou para falar sobre você no seminário, achei que não teria muito o que dizer. Não ainda. É verdade que te conheço mais do que qualquer um. Mas a nossa conversa é tão particular que os outros não entenderiam. Marco insistiu. Disse que haveria tempo, que ninguém tem tanto assim para falar em seminários e que se o meu problema era me sentir uma impostora, eu precisava deixar isso de lado. Todo palestrante é meio impostor. E a essa altura do campeonato eu já deveria saber disso.

Sei como você morreu. Tenho vontade de transcrever o registro de sepultamento inteiro. Cemitério da Consolação, São Paulo, cidade onde você morou por mais tempo no Brasil. Sepultura de número 30, "ladrilhada de tijolos e coberta de tijolos", na Rua do Meio. Em sua lápide, o seu nome é Claudio, não Claude. Originário da França, solteiro, 69 anos de idade. Lesão orgânica do coração. Dia da morte: 3 de maio de 1877. Quem encontrou o corpo? A morte foi instantânea? Lenta? Doeu? O velório foi cheio? Quantos quadros deixados pela metade? Eu digo que sua filha chorou, mas não aos prantos. Digo que você não estava sozinho na hora em que caiu no chão, que foi socorrido, mas já era tarde. Não consigo afastar as imagens dos meus mortos apodrecendo, os corpos mudando de tonalidade, esquecidos com o passar dos dias, o silêncio envolto no cheiro mais e mais forte. Lesão orgânica do coração. Onde está o drama, Claude? O que você sabia da morte quando pintou Ajax? O que sabia quando caiu no chão? Gosto de te imaginar como um vulto que estica a mão quando algo falta em mim, mas não sei o que falta. E as pesquisas e os documentos que existem sobre você não me satisfazem como deveriam. Um pintor praticamente sem arquivo, com umas poucas obras espalhadas por aí, perdidas, rasgadas no subsolo de museus. É na falta de rastros que o meu interesse cresce. Os fantasmas da família são hereditários, me disseram uma vez. Pensar nos gregos diminui o assombro dessa quase ameaça. Os pesos da família são um rio de sangue que não deixa de correr e banhar e manchar. Antígona, Electra. Nenhuma novidade. Quais foram os seus pesos e os seus fantasmas e por que busco por eles agora?

O seu autorretrato chegou para mim em forma de ataque. Um Claude jovem, magricela, de olhos claros, cabelo e bigode ruivos. O penteado bem repartido ao meio, os olhos enormes e quase assustados, feição delicada. Se tivessem me dado a opção de não olhar... Queria tentar criar um rosto para você a partir da sua obra, dos seus gestos, da sua paleta de cores. O autorretrato parece uma mentira. Ainda não consegui achar exatamente onde ele está, mas sei que pertence a uma coleção privada. Você é uma fábula que minha família alimenta. Mas ali está o sobrenome e os registros e Ajax. Ajax é a prova de que você pressentia a minha chegada. Ajax é o meu quadro, foi pintado para mim. Essa é a maior certeza que tenho, enquanto todo o resto das minhas memórias e dos meus objetivos vivem em transformações agressivas.

Você deixou Chambéry, na França, e veio parar na Rua do Ouvidor, no centro do Rio de Janeiro. Estou aqui agora, espremida entre um enorme prédio comercial e um restaurante. Muita gente transita ao meu redor, um vendedor grita os preços de guarda-chuvas e os carros buzinam na avenida Rio Branco. Sempre faz calor, mas hoje está aquele abafado insuportável que anuncia um temporal. Os números da rua mudaram, prédios foram derrubados, outros erguidos, e eu não tenho como te ver entre essas construções. Sigo caminho até um café novo. Passo pela gráfica caindo aos pedaços e pelo barzinho com os melhores sanduíches de frango com maionese. Sentada em frente à janela, o café já em mãos, abro um sachê de açúcar e, então, outras cenas me agulham. O que começa com um flash vira uma imagem bruta que tento afastar. Travo. Observo o pensamento como observo pinturas. Por um tempo só enxergo uma mão, que tenta arrancar a unha de uma outra mão. É uma unha curta, bem curta. Já foi arrancada antes. As peles em volta estão levantadas, roídas, com resquícios de sangue seco. Puxar parece tão bom, tão prazeroso, mas a imagem não avança. Retorno aos poucos ao café. Mexo o açúcar no fundo da xícara com uma colher grande demais e tomo um gole. Tento voltar a pensar em você. Sinto um arrepio e desisto.

Ajax. Filho de Télamon, primo de Aquiles, o segundo maior guerreiro entre os Aqueus a lutar na guerra de Troia, abençoado por Héracles, um dos pretendentes de Helena. Ajax. Aquele que carregou, junto com Odisseu, o corpo de Aquiles para fora do campo de batalha e disputou seu famoso escudo. Ajax, esquecido pelos deuses e levado à loucura por Atena, enxergava troianos onde estava o gado sagrado de Apolo. Matando boi atrás de boi, a espada erguida, os dentes à mostra, recuperou a sanidade quando já era tarde. Ele tenta olhar para o próprio torso, procura alguma superfície espelhada para mirar-se. Um rio, uma poça. À sua frente encontra apenas os restos mortais errados, um campo destruído, o som de um apito ensurdecedor. Tragédias são compostas no ritmo das batidas do coração. Os animais degolados e a fúria que bate e bate e é substituída pelas garras inescapáveis da humilhação que cresce e cresce e derruba o guerreiro na própria espada. Foi Atena quem empunhou a lâmina, Ajax morreu por suas mãos, pela vergonha que não pertencia a ele. É uma história sobre honra. O herói que prefere morrer a viver envergonhado. É sobre as desonras dos outros, que incorporamos. Ao Hades, Ajax. Ao encontro de Aquiles, que também preferiu a morte heroica a uma vida calma sem Pátroclo e sem guerras.

Algo aconteceu em Chambéry antes de você embarcar de mãos dadas com a sua filha no navio que te traria ao Brasil. A sua família era maior: Meride ainda era viva. Se você entende Ajax é porque precisou entender Meride. Não existe informação alguma sobre ela em documentos brasileiros, ela foi rasurada de você. Mas, pesquisando por seu nome de solteira em arquivos franceses, cheguei a algumas matérias de jornal. Meride Cosseul, filha de Antoine Cosseul, noiva do pintor Claude, morreu engasgada com um caroço de cereja. Você tentou salvá-la, abraçando-a por trás, mas os finos braços com respingos da fruta te afastavam. Você jurou ter visto um leve sorriso no rosto dela antes de morrer. É essa a cena que se repetia na sua cabeça sem parar e que, quando não consigo dormir, repasso também.

A ideia de vir ao Brasil só se solidificou com a morte de Meride.

A família real portuguesa, recém-estabelecida na colônia, precisava de retratistas, e pintores franceses empolgavam-se em recomeçar a vida no Rio de Janeiro. A mudança não foi exatamente fácil. Como era sozinha a sua filha, Claude. Como dava voltas pelo seu ateliê, flertava com seus alunos, derrubava pincéis, tudo para chamar a sua atenção. Tão sérios os alunos enfileirados, sempre homens, sempre jovens, cada um diante da sua tela, os pescoços duros, os olhares firmes enquanto ela deslizava entre as carteiras em sua longa saia branca e sapatinhos marrons. Louise preferia a vida em Chambéry. As primeiras semanas no Rio de Janeiro foram um enorme tumulto. Ela tinha nove anos quando ingressou no convento para receber a tal boa educação, mas você não a deixou morar lá. Você a queria por perto. Ela morria de ciúmes dos alunos, do tempo que você dedicava a eles. Louise passava as tardes assistindo às suas aulas, mas também distante. Nunca segurou um pincel. A pintura em casa era um assunto pouco comentado, e ela demorou a entender a pressa com que você aceitou se mudar de país. A sua relação com a Corte também não ficava clara para ela, que passou anos sem nunca pisar na casa de um nobre. Ela não te acompanhava nos retratos. Claude, a sua vida era silenciosa. Você não era muito orgulhoso, aceitava o máximo de encomendas que podia e só respirava ao receber o pagamento. O seu futuro dependia daquilo, o futuro de Louise dependia daquilo.

Louise, aos poucos, começou a gostar mais da cidade. Foi ganhando uma liberdade que depois você não conseguiu controlar. Soltá-la no mundo foi até um alívio. “Silencioso e de aparência amarga”, descreveram você. “Pintor brilhante” é a descrição de mais peso. Louise te achava silencioso e amargo. Durante a madrugada, ela se sentava à mesa da cozinha e comia cerejas torcendo para que você aparecesse. Já as manhãs no convento eram tranquilas. As freiras gostavam de Louise e tinham enorme respeito por você. Conheciam seus afrescos em igrejas. Eu só vi um deles pessoalmente, aqui no Rio, na Nossa Senhora do Carmo. A maioria fica na França e em Campinas, onde você passou o fim da vida.

Quem me levou para ver o afresco foi o Marco, quando ele estava na graduação de museologia. Fomos cedo à igreja, também no centro da cidade, e ficamos um tempo tentando identificar qual deles era o seu. Quando o encontramos, olhei para o rosto de um santo procurando semelhanças com a impassividade e a assombração do seu guerreiro grego. Completamente diferente. Difícil até acreditar que você pintou ambas as figuras. Esse santo era muito desbotado, muito liso, muito sem cor. De qualquer forma, eu já tinha feito a minha escolha. O santo poderia ter a beleza que fosse, eu estava fixada em Ajax e sentia que nada mais me surpreenderia tanto. Depois Marco precisou ir até a sala de restauração e eu fiquei observando os detalhes barrocos que me causavam incômodo. Certamente poucas pessoas percebiam o afresco, tão tímido em comparação aos vitrais e ao altar adornado de ouro. Meu pai sempre se encantou por vitrais e gosta de visitar igrejas para admirá-los, mesmo não sendo religioso. Tenho certeza de que ele já visitou essa muitas vezes, sem nem suspeitar do rastro da família. Ele deve ter parado para ver as estátuas, como sempre faz em museus, tentando convencê-las a acordar e sair andando. Marco me explicou que a restauração de estátuas é extremamente trabalhosa e cansativa, e que, de tempos em tempos, algum pesquisador subestima mofos e fungos que habitam as figuras, tocando-as com as mãos nuas e, logo depois, adoecendo pelo descuido. Havia uma história entre os restauradores sobre um estudante que se recusou a usar luvas e máscaras e terminou com o rosto paralisado por um fungo brutal. Eu não tinha a menor curiosidade de chegar perto assim das estátuas, de examinar o material de que eram feitas e tocar nessas sujeiras do tempo. Marco vivia reclamando do quanto dava de si para esses objetos em decomposição, mas eu via o brilho em seus olhos ao adentrar a igreja, com a postura de quem conhece cada segredo de cada pedaço e pessoa ali. Nesse dia, ele insistiu em me mostrar a Nossa Senhora da Cabeça, santa que vigia os perturbados, deprimidos, maníacos, loucos. O som dos meus sapatos no piso de madeira ecoava por todo o ambiente enquanto eu tentava não chamar a atenção dos fiéis que compravam réplicas das cabeças feitas de cera. Marco disse que elas eram compradas e colocadas nos altares caseiros e que, olhando para esses rostos translúcidos, as pessoas pediam ajuda à Santa.

Louise cantava no coral, decorava passagens bíblicas mais rápido do que as outras meninas e tirava boas notas. Quando voltava para casa, virava outra. Constantemente observada pelos olhos pintados nos quadros, ela conseguia ser fria e cruel. Às vezes, livrava-se de suas roupas pesadas e rondava pela casa só de roupa de baixo, deixando uma vela acesa por onde passasse. Quando você acordava, percebia a cera derretida pelos móveis. Ela colecionava fósseis de pequenos insetos, objetos de brechós, chapéus abandonados. A verdade é que ela se interessava por arte e gostava de visitar exposições, só não se interessava pela sua arte. Ou interessava-se por você tão profundamente que o interesse virava ressentimento.

O ateliê era assustadoramente quieto. Um silêncio imposto, nada natural. Os alunos pareciam tensos ao sair do prédio, como se estivessem prendendo a respiração. Eles tinham opiniões divididas sobre você. Alguns te achavam atencioso e paciente. Outros, taciturno e ranzinza. A maioria concordava que você pedia permissão antes de ajustar qualquer obra alheia, e que esse era um traço muito delicado que outros professores não tinham. Além dessa curiosidade, você também não falava com muita paixão sobre os trabalhos de ninguém, muito menos dos seus próprios. Era direto e firme com o pincel. Pouco vaidoso. Refazer um quadro que lhe parecia perfeito não era problema. A satisfação dos clientes vinha em primeiro lugar, sempre. Era comum que, na pequena escola de artes cheia de idosos, um professor jovem recebesse convites de alunos para beber depois das aulas, mas você sempre recusava, não gostava de misturar as coisas. Ao longo dos anos, alguns alunos te marcaram bastante e você se aproximou deles à sua maneira. As portas do ateliê estavam sempre abertas, mas não havia convívio fora das aulas.

Emmanuel foi um dos primeiros alunos a demonstrar um gosto tão grande pela pintura que ficava no ateliê até o último minuto possível. Tinha quinze anos e a sua paixão era esculpir. Não falava uma palavra em português. Era de família parisiense e havia acabado de se mudar para o Brasil, mas planejava retornar logo à França. Mesmo tendo perdido contato com Emmanuel no final da vida, você sempre teve a certeza de que o menino não deixaria o Brasil. E estava certo. Ele virou escultor, abandonou os retratos e não pisou mais na França. Outro menino que te marcou bastante chamava-se Joseph. Olhar cabisbaixo, tímido. O maior perfeccionista que você já conheceu. Pais ricos e ausentes que não se importavam muito com as escolhas do filho e nem questionavam onde ele passava as tardes. Faltava à escola para pintar. De todos, era o que observava com maior cautela os modelos, como se tentasse agarrar cada contorno, cada arrepio, suspiro, traço secreto de quem posava. Seus retratos, provavelmente por isso, tinham um ar mais vivo, em movimento. Ele demorava bem mais do que os outros para começar a pintar e vocês dois se entendiam nessa atenção às minúcias, mesmo que ele fosse um pouco exagerado. Joseph ficou amigo do aluno mais velho da turma, o Paulo, que era também o mais equilibrado. Seus trabalhos seguiam no mesmo nível, diferentemente dos trabalhos de outros, que variavam entre alguns quadros bons e outros significativamente inferiores. Paulo não faltava, não se atrasava e parecia calmo e vazio.

Você acompanhava todos os meninos muito de perto. Analisava a capacidade de concentração de cada um, a criatividade, a intuição, a forma como seguravam os pincéis, a técnica. Para você, os mais emotivos eram os mais erráticos, os mais imprevisíveis e, portanto, os menos profissionais. Por isso, Paulo foi o assistente escolhido para o retrato do violinista.

O violinista apareceu no ateliê no meio da semana. Louise havia acabado de voltar do convento, agitada com o fim das aulas de seu último ano com as freiras. Era a primeira vez que um membro da alta sociedade ia ele próprio até o ateliê pedir um retrato. Você ficou confuso, constrangido com os panos sujos largados pelos cantos, com a poeira do gesso que estava usando em uma aula e com todos os copos de água com tinta esquecidos. O homem era jovem, muito bem arrumado, e segurava com força o estojo do instrumento que carregava. O quadro era para um antigo professor de violino, um presente para agradecê-lo por todos os anos de aula e para anunciar que finalmente entrara para a orquestra. Talvez eu pare por aqui hoje. Minha cabeça dói e está quente e os bichinhos da luz que eu odeio não param de rondar a luminária. Pode ser melhor escrever em blocos mais curtos, picotar bastante essa parte, cortar umas palavras. O meu professor de grego disse que eu complico as minhas transcrições criando problemas onde não tem. Ele acha que eu deveria desistir. Do grego. Eu acho que, se crio problema onde não tem, é na escrita. Minhas transcrições são boas. Ele é exigente demais.

A conversa com o violinista foi rápida e objetiva, o quadro seria pintado em sua casa de campo, em duas semanas. Todas as despesas seriam cobertas. Você perguntou se poderia levar um assistente. Ele concordou. Louise escutava a conversa atrás da porta e decidiu adentrar o cômodo para espiar. Quando os olhos dele voltaram-se para a jovem, Louise cumprimentou o rapaz com secura e foi abaixando a cabeça aos poucos, procurando um esconderijo. O violinista percebeu que Louise esfregava a ponta da unha do indicador repetidamente contra o polegar, e que parecia incomodada com um estranho invadindo seu espaço. Louise percebeu que o violinista suava um pouco na testa e que a decisão de ter um quadro retendo a sua imagem parecia fruto de um impulso que ele começava a reavaliar. Você percebeu o silêncio e afirmou que embarcaria em qualquer que fosse o transporte disponibilizado. Trabalho era trabalho. O músico agradeceu, deixou algumas informações anotadas em um papel e saiu. Ele não falou como chegou até o ateliê, quem havia recomendado você e nem o preço que estava disposto a pagar. Mas ele era rico, tinha uma casa de campo.

Louise queria ir. Ofereceu-se para ser a sua assistente com a desculpa de querer sair um pouco da cidade grande. Você negou, pensando em Paulo. É claro que conseguiria dar conta do trabalho sozinho, mas era bom partir em aventuras acompanhado. Você não conhecia a família do violinista, nem a cidade. Além disso, essa era uma daquelas raras oportunidades para o aluno aprender como é pintar um cliente de verdade. Havia toda uma etiqueta, um comportamento esperado do pintor nessas ocasiões. Não era recomendável falar muito, a não ser que o cliente iniciasse a conversa, e por isso você achava ótimo quando não falavam francês. Era preciso pintar com certa pressa, para não cansar ou irritar o retratado. Os detalhes seriam retrabalhados depois, em privacidade. Também era necessário fazer ajustes nas feições, para adequá-las aos padrões estéticos do momento. E talvez o mais importante é que o ambiente e o pintor estivessem limpos — e toda limpeza excessiva atrapalhava um pouco o processo. O pintor também teria de usar vestimentas mais formais, que costumavam ser pesadas e volumosas. Não era uma situação confortável. Menos ainda quando guardas ou membros da família resolviam observar. No dia seguinte, você convidaria Paulo para te acompanhar e ele aceitaria entusiasmado e cheio de orgulho. Louise implorou muitas vezes para ir. Ela pensava nos dedos finos do violinista, na voz do violinista, na altura do violinista. Parado no ateliê, ele fazia as inseguranças de Louise gritarem. O cabelo estava no lugar? As unhas estavam limpas? Era essa violência, essa perda de controle, que ela queria entender. A forma como esse estranho arrancava tanto dela. Você não permitiu. Louise não saberia ajudar. Foi a última vez que ela realmente te implorou por alguma coisa.

No dia da viagem, Paulo acordou com horas de antecedência. Sem fome, forçou-se a comer ovos e beber um copo de leite. Depois, passou um bom tempo sentando e levantando da cadeira da cozinha que rangia a cada movimento para conferir se tinha empacotado tudo. A viagem duraria dois dias, mas ele estava nervoso como se nunca mais fosse voltar. Louise te ajudou a descer as escadas com os materiais, fazendo com que a maleta batesse com uma força desnecessária na parede, arrancando lascas do couro já gasto e chamando a atenção dos vizinhos com o barulho. O cocheiro não demorou e vocês seguiram em direção à casa de Paulo. O garoto demonstrava uma energia incomum. Estava todo falante, as bochechas coradas de excitação. Não parecia vazio como nas aulas, o que te fez pensar que talvez não conhecesse seus alunos tão bem assim. Mas foi um pensamento rápido.

Você sentia sono. Estradas de terra esburacadas, rios, florestas, o céu azul, laranja, rosa, roxo e então preto. Apoiaram-se um no outro para descansar a cabeça quando já não aguentavam mais manter a compostura diante do cansaço, almoçaram a comida embalada vinda de casa. E pararam algumas vezes no mato. Quando o cocheiro estacionou em frente à casa de fachada azul-claro e altas colunas brancas, você começou a achar tudo um pouco suspeito. Como uma família rica convida um desconhecido para dentro da propriedade? Nem todo mundo sabia que você era retratista da família real – alguém devia ter te recomendado. Essa relação com a nobreza era cheia de burocracias e discrições. Talvez o violinista fosse religioso e soubesse dos afrescos. Talvez conhecesse um de seus alunos. Ou, então, sim, todo mundo sabia que você era retratista da família real e as burocracias nem eram tantas. Uma senhora apareceu para recebê-los e guiá-los até o quarto. Os olhos murchos no rosto, envoltos por uma sombra. Ela sorriu, tentando ser simpática, mas a exaustão era visível. Além dos olhos estranhos, as pontas dos dedos das mãos estavam raladas, assim como os joelhos que roçavam na costura de um vestido velho.

O quarto era dentro de um chalé antigo de madeira e tinha quatro camas de solteiro. Apenas duas forradas. Posicionada perto da pequena varanda, uma mesa com três cadeiras e uma bandeja com uma jarra de água e dois copos. O banheiro ficava do lado de fora. Era um chalé para pessoas que prestavam serviços à família. Médicos que às vezes precisavam pernoitar, o bibliotecário que vinha de tempos em tempos catalogar novos livros, o botânico que visitava bastante. Você já havia ficado em lugares terríveis antes. Ou melhor, quartos terríveis dentro de casas maravilhosas.

Paulo encheu um copo de água e bebeu tudo de uma vez, ansioso e satisfeito. Com os materiais em mãos, vocês fizeram o caminho de volta à casa principal. A tela ia dentro de uma caixa de madeira que você carregava debaixo do braço. Paulo equilibrava outras pequenas caixas de tinta e pincéis. O violinista os esperava. Abria e fechava o sorriso como se sua mandíbula fosse travar em um estalo alto. Sentou-se logo em um banquinho com o seu instrumento de cordas, olhando para a frente, como quem está doido para sair correndo e cuidar de outros afazeres. Tela branca, tintas novas, um primeiro traço.

Você não conseguiu dormir naquela noite e foi para a varanda do chalé, escutando o som de insetos e pássaros. De vez em quando se assustava, achando que alguém poderia aparecer, uma presença esquisita. Essa calmaria era rara para você, assim como a escuridão total que expõe as estrelas. Estava frio. Paulo dormia profundamente.

A casa não existe mais, procurei por ela, mas não preciso visitá-la para imaginar seus arrepios. Ela ficava perto de Petrópolis, que virou uma das minhas cidades favoritas para visitar quando preciso de um tempo para mim. Fico na mesma pousada. O meu lugar seguro. Passaria o resto da minha vida tranquila por lá se pudesse, desejo que tem raiz na saudade da casa que o meu avô tinha em Teresópolis quando eu era criança. Os quartos eram enormes e a família, feliz e saudável. Sem brigas, sem ausências. Lembro de uma casa abandonada na mesma rua, que eu chamava de casa assombrada. Às vezes minhas tias alimentavam o meu medo com histórias macabras e depois diziam que era tudo mentira e riam. Não sei se você pensava nos seus pais com frequência, Claude. Se foi difícil deixá-los para trás, na vinícola coberta de neve. Eu penso nos meus pais o tempo todo, mas, quando tento alcançá-los, uma barreira se firma entre nós. Você foi sozinho. Muito sozinho. E durante a noite, na casa do violinista, a solidão te assustou.

Em um certo momento do romance *Jane Eyre*, Jane diz para o leitor que, quando precisa de faces amigas por perto, tenta desenhá-las: tendo alguém para olhar, o peso do abandono se dissipa. O abandono pressupõe um agente. Mas ele é também uma forma de vida, que ganha ainda mais intensidade quando não se localiza a fonte. Fui abandonada. Sou abandonada. Não importa por quem. Não necessariamente tem um alguém. Talvez o meu abandono seja na verdade o acúmulo das vezes que eu mesma abandonei os outros, ou as coisas que me faziam mal, que são as que mais fazem falta. Eu sei precisamente quais faces pintaria, quais amigos invocar. Você poderia pintar o Paulo, mesmo estando perto dele. Preferindo o Paulo de giz, assim como eu prefiro o Claude de palavras.

Pela manhã, pão e leite. Vocês comeram e logo voltaram para a sala de pintura. Os materiais estavam como haviam sido deixados, intactos. O esqueleto, quase pronto. Acrescentariam mais alguns detalhes, principalmente na vestimenta, trabalhariam bastante no rosto e as outras partes do corpo ficariam prontas depois. Trabalhar sozinho o que faltava, apoiando-se na memória, era uma das suas partes favoritas do processo. O violinista havia acabado de acordar, andava arrastando os pés. Sentou-se no banco, respirou fundo, e olhou para você, que voltou a pintar. A segunda noite foi melhor. Você dormiu rápido.

Louise estava deitada quando você chegou de viagem, já no fim da tarde, carregando o quadro. Ela não se levantou para cumprimentá-lo. Você parou em frente à porta entreaberta, bateu duas vezes, deu uma espiada na figura dela de costas e murmurou "estou de volta". Um certo tempo depois, enquanto você jantava, ela puxou uma cadeira até o seu lado. Como foi?, perguntou, e você disse umas poucas palavras sobre o violinista, a família dele e o andamento do quadro, que Louise não estava mais ansiosa para ver. O violinista era a intriga dela desde a primeira visita, mas, com o passar do tempo, esse encanto transformou-se em medo. Ele esteve ali o tempo todo, constantemente adentrando a sala, seus dedos longos, sua voz grave, suas roupas pesadas no calor. Ao andar pela cidade, Louise via paletós como o dele em vitrines de roupa masculina. Era o violinista suspenso, pendurado no ar.

Como a maioria das suas pinturas, Claude, essa, intitulada *O violinista*, tem um fundo preto que só não é mais escuro do que o cabelo e o paletó do jovem. O rosto é de longe um dos mais bonitos que você pintou. Olhos grandes, nariz longo e fino apontado para baixo, lábios grossos e sobrancelhas arqueadas. O cabelo é curto, mas volumoso. O violinista está sentado em uma cadeira de madeira, com o rosto inclinado para frente, o maxilar em destaque. O paletó de grandes botões dourados cobre toda a roupa que está por debaixo, com exceção da gola branca da camisa que esconde o pescoço. Ele veste calça cinza e apoia em uma perna o violino, que segura com as duas mãos. A mão esquerda está segurando o instrumento pelo braço um tanto apagado mais para o fundo. A direita está no centro do quadro e parece irradiar certo brilho. Ela está posicionada no corpo do violino marrom e também segura o arco. Não vemos as cordas. O quadro, fica claro, é sobre o rapaz, que olha desafiadoramente, quase debochado, para o pintor. Para nós. O instrumento é um mero objeto de cena. De quem foi a escolha dessa pose, Claude? Foi sua a decisão de tirar o foco do instrumento? É uma história curiosa, essa. Um presente para um professor de violino? Talvez o professor estivesse cansado de violinos e mais interessado nos alunos. Você mesmo já havia sentido isso antes. Seja como for, o quadro é cativante e sombrio. O meio sorriso do violinista é muito sedutor. O arco vai desaparecendo contra o fundo e, recortando o violino, ele é mais espada que arco. A expressão e a postura do jovem também combinam mais com um cenário de guerra.

Minha mãe me contou que quando era jovem viajou com a família de um namorado para uma cidade de praia. Em um determinado momento, ela, dada a ficar na sombra e de pés secos, arriscou entrar no mar. Não só entrou, como foi nadando cada vez mais para o fundo. Seu namorado percebeu e a puxou de volta até a areia. Pouco tempo depois, ela se lançou mais uma vez na água. As pessoas na praia gritavam para ela voltar, pediam socorro, algumas tentavam alcançá-la em vão, ela ficava cada vez mais distante. Não parecia escutar, alheia a tudo o que acontecia atrás de si. E então alguma coisa fez com que virasse de costas para as ondas que arrebentavam e olhasse para os conhecidos na areia. Um barulho. Uma palavra. Um pensamento. Não soube dizer. O que quer que tenha sido, foi o suficiente para que voltasse à beira. Depois da viagem, em casa, ela contou para os meus avós que alguém a empurrara para o fundo, uma voz, uns dedos fincados em suas costas. O violinista fazia Louise sentir vontade de caminhar até o fundo. Era isso o que ela sentia quando lembrava dele, foi isso que sentiu quando olhou para o quadro. E nessa sensação havia também bastante desejo, um desejo latente que não planejava sumir. Nessa época, ela começou a rasgar algumas de suas pinturas. No início, eram pequenos buracos e cortes, até que você precisou parar de levar pinturas para casa, deixando-as trancadas no ateliê. Você a confrontou e ela respondeu que não estava rasgando nada, que você era sonâmbulo e devia estar destruindo suas próprias telas à noite. Era verdade que às vezes tinha episódios de sonambulismo, mas um dia você encontrou um recorte oval na caixa de costura da sua filha. Me encanta a coragem com que Louise conseguia pegar um estilete e destacar os rostos ainda molhados de nobres inacabados.

Quando visitei o Museu Imperial e vi um dos seus quadros exposto pela primeira vez, em destaque, preso em uma casa que recebe visitantes todos os dias, também quis ter um estilete. Aquele quadro não era da família real, era meu. Aquelas salas brilhantes representavam o pior tipo de cemitério, onde as ossadas se misturam. As escadas do museu poderiam me engolir se quisessem. Aos poucos, bem aos poucos. Meus pés mordiscados por dentes invisíveis alojados no carpete vermelho, depois as minhas pernas, e então o meu tronco. Mas aí talvez houvesse uma pausa. Para dar tempo de olhar bastante o meu entorno antes de ser devorada por completo, para sentir raiva de tudo, para gritar com você como a Abigail do Miller gritou para o seu amante *I'll cut off my hand before I ever reach for you again* (ou foi o amante que gritou com ela?). We never touched, Claude. Never touched. Vai ver, embaixo do carpete, eu encontraria o mar e não dentes. E o carpete fosse uma língua gigante que me envolvesse até me sufocar. E a sensação de estar em contato com dentes fosse causada pelo encontro brusco com vários pedaços de conchas quebradas. E vai ver eu sobrevivesse, saísse do museu, mas cortasse a minha mão fora.

Existe um outro quadro seu, além do *Ajax*, que me imobiliza. Ele não tem título e também está guardado no acervo de um museu. Algumas mãos se cruzam no ar, em diferentes poses. O fundo, mais uma vez, é preto esfumaçado. Perco-me na profundidade e depois nos dedinhos desenhados. A tinta está craquelada. Algumas mãos são de crianças e os dedos estão um pouco dobrados pedindo algo, tentando agarrar o vento. Outras mãos são de idosos, com veias saltadas, e também de freiras, padres, médicos. Os dedos mais compridos assemelham-se a garras. Mãos inimigas à espreita. Mas nada acontece além das mãos e de um fundo sombrio que se projeta e de uma moldura dourada que parece muito, muito perto de se esfarelar pelo chão. Se não fosse pela camada grossa de poeira, pelo craquelado, estaria em perfeitas condições para um observador comum. Pergunto-me se é um retrato que não deu certo, se o fundo é preto para esconder um rosto ou busto ali antes desenhado. Ou então se você começou pelas mãos e desistiu do corpo. Poderia ser um estudo de mãos que por acaso ficou interessante demais para morrer como estudo, mas fraco demais para continuar como quadro? Onde foram parar essas mãos? Será que aparecem nos afrescos? Cinco mãos espalhadas. Cada uma vinda de uma direção.

*Sem Título* tem um mistério, mesmo que mais sutil do que *Ajax*. *Ajax* conta uma história completa. *Sem Título* é um caco. Acho provável que esse quadro nunca tenha sido exposto. Não há muito o que eu possa fazer por ele, que continua e vai continuar no museu. Está sendo cuidado, eu acho, no ambiente certo, com a temperatura adequada. Guardado: outra sepultura. Mas graças a mim ele viu a luz do dia mais uma vez.

Quanto mais o quadro do violinista tomava forma, mais calma Louise ficava. Sua irritação de antes, seus assaltos a outros quadros, perderam força e ela se aproximou de você. De início, se sentava em uma das cadeiras da cozinha, praticamente do outro lado do quarto, distante, e analisava seus traços. Então, a timidez começou a ceder. Vendo nesta oportunidade uma chance de ela valorizar o seu trabalho para nunca mais destruí-lo, você começou a conversar sobre as mudanças que ia fazendo. Ela estava hipnotizada pelas tantas criações e recriações. Já não lhe parecia mais atraente destruir os quadros. Já não mais a assustava a possibilidade de reencontrar o violinista.

Na versão de *Antígona* da Anne Carson há um personagem que não existe no original de Sófocles. Ele dá título ao livro. Nick. *Antigonick*. Ele não tem falas, mas está sempre presente. A peça é tanto sobre ele quanto sobre Antígona. Nick é a personificação da expressão "nick of time", aquele instante em que ainda é possível tomar uma decisão que vai causar mudanças extremas. O instante em que você pode optar pelo caos ou pela tranquilidade, o momento decis vo entre a vida e a morte, segundos antes de um barbante arrebentar. Ao transformar Nick em um personagem, Carson o transforma em agente: ele passa a ter humores, personalidade e, logo, muito mais poder. Nick é um personagem-chave que se encaixa em diversas tragédias. Ele é um personagem decisivo, ou melhor: a forma como outros personagens reagem a ele é decisiva. Ele é um aviso, uma sentença. Tanto herói quanto vilão, é aquele que não pode ser ignorado, a ruína de Creonte. Talvez ele seja a sua e a minha. Todo traço é uma decisão. Todo pintor é Nick.

# A filha

Os retratos estão estampados por todos os lugares agora, em cores e gritos e risadas. As minhas fases. Claude e as fases. Você. O ateliê. Chambéry, Rio de Janeiro. Luto. Os mortos da família. A assinatura de Claude em pincel fino, as telas rasgadas e destruídas. *Ajax* passou por tanto. *Ajax* não passou por nada. Estático, imóvel, dorme com todos os outros heróis desbotando em subsolos. Caminho dentro do meu apartamento e fecho os olhos. As solas dos meus pés deslizam e solto os braços. Vejo Troia. Vejo você na espada, Claude na espada, mas antes de tudo me vejo fugindo dela.

O cocheiro do violinista tinha um envelopinho amarelo na mão. Era o pagamento de Claude. Os dois acomodaram o quadro bem embalado na charrete e a pintura partiu, balançando um pouco, correndo os seus próprios riscos. Você olhava pela janela e sacudia a cabeça tentando afastar ideias esquisitas. Seu pai subiu as escadas dizendo que o violinista requisitava mais um quadro, a pedido da sua mulher, agora da filha do casal. Quer ir comigo dessa vez? Você ainda olhava pela janela. Também já não sabia se queria ir. O que te motivou foi a indiferença, sem ela teria ficado em casa. Uma semana depois, vocês dois chacoalhavam na charrete. O cocheiro tossiu a viagem inteira em um papel amassado que tirava e colocava do bolso. Se adoecessem na estrada, chegariam mortos no casarão, você disse baixinho. O frio, o vento, a névoa. O mesmo quarto, a mesma jarra de água, a mesma sala para pintura. Dentro do berço, você via uma criaturinha longe de parecer humana, mas ao mesmo tempo mais humana do que todos. Não chegava a chorar, mas ameaçava de hora em hora, virando-se em seus paninhos. Enlaçava os dedos dos pés em uma manta amarela grossa e as mãos gordinhas estavam perto demais do rosto, quase escondendo-o. Você se perguntava se em algum momento Claude pintaria a família inteira junta, que era o mais comum, eu acho. O violinista não apareceu. A mãe não apareceu. Quem olhava a criança, coisa mole abandonada no meio da sala, eram as amas-secas, lá do canto da porta. Elas, horas e horas em pé. Horas e horas de calos e juntas doídas e costas em chamas. A mãe dormia? O violinista praticava novas músicas? Você ficou sentada, muda e imóvel, com o olhar grudado na parede. Seu vestido parecia uma toalha de mesa sob suas pernas e as cerdas dos pincéis de seu pai contra a tela soavam como um concerto de cobras arrastando-se pelo mato. Ele também queria ir embora.

Marquei um encontro com Cléo, que conheci em um aplicativo de relacionamentos. Chovia. Ela me aguardava em uma mesa no canto do restaurante. Acenou ao me ver, levantou-se para trocar dois beijinhos. Bonita, o cabelo preto muito curto, os braços tatuados. Juro que não sou de fazer isso, mas ela conseguiu me desarmar sem nem falar muito, e em poucos minutos eu me permitia sentir pena de mim mesma em voz alta. Fui falando até ficar com a boca tão seca que já não saía nada coerente. Laís reagiu muito bem na primeira vez que me viu chorar em público. Mas eu não conhecia a Cléo e estava admitindo logo de cara que estava com pena. Estava com pena de mim em idades diferentes e estava com pena de mim agora. Do quanto eu não conseguia superar o término com a Laís, da incompletude de todas as minhas pesquisas, da minha relação instável com os meus pais. Mal consegui comer a minha salada e logo estávamos fazendo sinal para a conta. Enquanto a garçonete não chegava, eu sentia o impulso de pegar o garfo de sobremesa não usado à minha frente e espetá-lo na porra de um dos meus olhos. Cléo começou a falar sobre o grupo de amigos dela, uma galera ótima, gente boa mesmo. O garfo. A garçonete apareceu com a conta, que eu paguei logo sem deixar Cléo sequer protestar. O garfo. Não sei nem como digitei a senha. O garfo. A garçonete saiu e eu fiquei a sós com Cléo outra vez. Ela pousou a mão na minha, esticada sobre a mesa. Vamos marcar mais vezes. Detestei esse ato de encorajamento. Eu estava apenas em um dia ruim. Ainda sabia me relacionar com as pessoas.

Detesto o quadro do bebê. Parece um boneco, um doente, uma criança maliciosa. Claude a fez assim. Ela está dentro de uma carruagem de cortinas verdes grossas e apoiada em uma enorme almofada redonda de seda com bordados. As cortinas estão separadas, tornando possível ver a paisagem do lado de fora:

montanhas e mar. Céu claro, azul como a roupa do bebê escondendo seus pés. É menina, percebe-se olhando com atenção. Ela posiciona uma das mãos em cima do peito e a outra deixa cair para o lado. Pose ridiculamente graciosa, artificial demais para um bebê. A cabeça está coberta por uma espécie de gorro, que deixa de fora apenas o rosto redondo. O nariz é terrível, como o de um duende. Os olhos esbugalhados, mas sem o brilho das crianças. Um olhar vazio e morto.

Quando Aquiles toma uma decisão, nada nem ninguém é capaz de mudar sua cabeça. É assim na *Ilíada*, é assim na maioria dos recontos sobre ele. Eu gostaria de ver alguém tentar. Mas qualquer espera, qualquer hesitação está longe de ser algo característico do herói que prendeu o corpo de Heitor em um carro e o arrastou pelos campos de Troia. Você também não teve alguém para convencê-la a não cometer o crime. Não houve tempo para hesitar. Tudo muito simples. Tudo muito rápido. As amas-secas saíram da sala, guiando Claude até um tanque para que ele lavasse as mãos: ele havia terminado de pintar. Você ficou sozinha com a criança e todos os seus aparatos. Depois de tanto tempo sentada ali, a bebê parecia menos monstruosa e mais um embolado de tecidos. Quando você era pequena assim, não existia espaço dentro de casa para ficar esquecida, quase estátua, quase estátua cheia de bactérias. Aproximando-se, achou que dava para sentir o cheiro da menininha. Uma hora você estava segurando a criança com as duas mãos, e na outra ela estava no chão. Era mesmo mais embolado de tecidos do que coisa viva. Nem barulho fez. Não é que a altura fosse grande... Um acidente. Não havia marcas de força no corpinho, você não pegara a criança com esse intuito e também não a jogara no chão. Você soltou as mãos, só isso. E tudo ficaria mais ou menos bem. Crianças são frágeis, essas coisas acontecem. Caiu do berço, pulou do colo. No mesmo transe em que se desfez da criança, você a arrumou novamente no bercinho e sentou em frente à tela, esperando o seu pai voltar. Sem nem sinal do violinista, partiram.

A criança estava morta nas suas fantasias. E a culpa era sua e era preciso buscar perdão. Mas perdão de quem? Marco estava trabalhando com argila e me deu um pedaço. Desde então venho fazendo pequenas circunferências com a massa pastosa, que empilho dentro da caixa de plástico e não volto a olhar. Gosto de começar quando acordo, de manhã bem cedo. Me ajuda a pensar – sobre o que, não sei. Já é a quarta vez que vou à papelaria comprar mais. Se eu soubesse como me aproximar do seu pai de outra forma, acho que teria poupado as minhas mãos dessa sujeira. Em dias de pesquisa intensa, penso que só pesquiso para parecer interessante o suficiente e ter alguém que me ame e me mande parar. Fico à mesa, com as costas doendo, imaginando uns braços me guiando para longe dos meus papéis. Se eu tivesse alguém, talvez Claude sumisse. A argila é gelada ao primeiro toque. Posso dar minhas circunferências de presente. Ou lotar armários com caixas de argila seca e catalogá-las com etiquetinhas indicando o mês e o ano. Minha mãe acha que só porque eu larguei o mestrado minhas pesquisas são de mentira. Tentei explicar que passei a graduação inteira obcecada por romances góticos do século XIX, mas quando entrei no mestrado percebi que o meu futuro é na História da Arte, e que o grego é a minha nova paixão. Cansei dos romancistas. Por isso os abandonei. Mas minha mãe não acompanha, não entende e não aguenta mais me sustentar.

Por enquanto, vou narrar o seguinte: você mata o violinista. Depois da sua partida com Claude, as amas voltam a se preocupar com a criança. Ela estava mesmo mortinha no berço. Algumas semanas depois, o violinista ronda a rua do ateliê, sem bater na porta. Você entende que precisa agir.

Cinco mulheres enfileiradas bebericando cafés, às nove da manhã, no balcão de uma cafeteria. Você é a terceira. Leite espumando nas canecas, água pingando da pia, xícaras despertando ao som de seus próprios baques contra a mesa e sapatos arrastando repetidamente no piso. Os seus sapatos. Arrasta, arrasta, afasta as pessoas do local. Saem todas, você fica. Louise bebericando um café, às nove e quinze da manhã, no balcão vazio de uma cafeteria. À espera do violinista que tomava café na mesma cafeteria com os mesmos amigos quase toda manhã. Seria fácil pegá-lo desprevenido, amassar a sua cabeça contra o balcão, apertá-lo pelo pescoço.

Ou então o violinista realmente entra no ateliê. Claude não está e é com a ponta de uma estátua que você o acerta na cabeça. Respingos de sangue em uma tela apoiada no chão. O corpo na sala de estar. Você e os respingos e o corpo na sala de estar.

Não. Você não matou o violinista. A criança, sim, você matou. Mas não houve suspeitas. É como eu disse: criança às vezes morre sem mais nem menos, mal súbito. Se as amas-secas levaram a culpa, se a bebê já estava doente e os médicos atribuíram a morte a outra causa, não se sabe. Ela teve um pequeno funeral e são esses os fatos.

Desde que comecei a modelar as circunferências, venho sentindo minhas mãos tremerem. Quando levanto uma mão, *assim*, para apoiar o rosto, segurar um copo, coçar o nariz, ela começa a convulsionar. Até acho charmoso, mas o charme também cansa e me vejo obrigada a segurar uma mão contra a outra, imaginando um grande laço envolvendo-as até ficarem estáticas. Pode ser que isso tenha começado quando percebi que ainda amo a Laís e que preciso do Marco. Ou talvez essas coisas não estejam relacionadas. Preciso do Marco. Se eu quisesse construir uma colmeia gigante cheia de abelhas para deitar dentro, ele acharia poético e não perguntaria das feridas, não estragaria o prazer. Quero é passar um bom tempo no espelho, fazendo umas caretas, uns contorcionismos, lembrando das vezes que me chamaram de feia, e fazer os movimentos que, acredito, me deixem bonita. Encostar a pele no espelho. Encostar a morte e a carência e o desapego. Mas aí eu lembro da Laís fugindo de mim e volto a pensar que ninguém prepara a gente para um corpo se esquivando, e que, se fosse possível engolir a vergonha, eu estaria bem.

Gosto de imaginar que *Ajax* foi pintado nesta época: Claude sabia do crime. Na pintura, ele se livrou do medo que sentiu de você e do peso da sua presença. Logo depois você virou mãe. O pai da criança não era mencionado. Claude sabia quem era.

Claude tinha pesadelos em que você também engasgava com cerejas. Vai ver seria esse o desfecho justo, na opinião dele. A punição que limparia as próximas gerações da família. Mas você viveria ainda muitos anos após a morte do nosso ilustre pintor sem ninguém para supervisioná-la, apenas as pinturas que ficaram para trás. E pinturas não consertam crimes.

Consertam?

Só o que resta do violinista é o quadro. Claude nunca mais foi procurado e você não voltou a ouvir sobre criança, cocheiro, amas. Tento imaginar se o que você sentiu depois matar foi semelhante ao pânico de Ajax ao recuperar os sentidos. Acho que não.

Não posso falar sobre nada disso no seminário. Preciso falar de restauração, o que me deixa indisposta. Então, em uma tarde dessas, comprei um pão doce na padaria e fui comer olhando para o mar. A praia lotada. O açúcar caiu na minha calça preta. Apressei-me para limpar, com medo de que fossem rir de mim. Acho muito isso, que estão esperando para rir de mim. O recheio de creme vazou pelos cantos da minha boca, uma pequena explosão escorrendo por entre os dedos. Engole, engole. Contorci-me de vergonha. O batom já era mancha e eu não queria nem lamber as mãos nem limpá-las na calça. Olhei para frente, lá para frente de tudo, e enchi as bochechas de creme, de massa, de açúcar. Mastiguei feio mesmo. Eu havia passado os últimos dias tentando falar com a Cléo, sem sucesso. Era hora de desistir. Me veio a memória de uma noite com Marco e os amigos dele, que dançavam e bebiam garrafas e garrafas de vinho barato. Com cada garrafa daquela dava para montar um castelo de cacos e se jogar em cima. Sérgio, que estudou com o Marco na escola, veio conversar comigo e o papo acabou em formas inusitadas de morrer. Ele sacou uma lista da internet e leu em voz alta. Ficamos um tempo nisso, ele morrendo de rir, eu querendo que fosse possível matar os mortos. Gostei de Zeuxis, pintor grego, que realmente morreu de rir enquanto olhava o retrato que fizera de Afrodite com uma modelo horrenda no lugar da deusa; Ésquilo, com o baque de uma tartaruga jogada dos céus por uma águia que confundiu sua careca com uma pedra; Sófocles, por falta de ar depois de tentar ler o monólogo final de Antígona em um só fôlego; Agátocles, envenenado com um palito de dente. Dei um beijo em Sérgio e voltei para casa. Antes de dormir, coloquei todas as circunferências em um saco de lixo, que larguei na escada. Com as mãos viradas para o céu, começando a sentir o tempo mudar, abandonei as memórias e voltei a atenção para a minha calça ainda açucarada. O último pedaço de pão parado na minha boca, derretendo em gosma.

Acho que na verdade não preciso do Marco tanto assim.

Claude começou a dedicar-se quase exclusivamente a afrescos. Trocou as aulas por viagens pelo país para pintar desde capelas até catedrais, trabalho que garantia pagamento estável e alguns ajudantes. A técnica, claro, era outra, e aos poucos ele desenvolveu um estilo próprio digno de admiração.

Ele acabou aceitando um convite para trabalhar em uma catedral em Campinas e deixou o Rio de Janeiro. Era de lá que ele te mandava dinheiro todo mês, mesmo depois de você arrumar um emprego dando aula na mesma escola onde estudou. As freiras cuidavam do seu filho e, pela primeira vez, você respirava sem Claude. Uns dez anos depois, porém, você e o menino também fazem a mudança para Campinas e Claude passa a sustentar uma casa só. Foram assim os últimos anos de vida dele.

Mostrei uma parte da minha pesquisa para o professor de grego. Ele disse que não tenho metodologia, nem embasamentos teóricos. Era um artigo sobre *Ajax*, de Claude. Imaginei que o professor se interessaria pelo que eu tinha a dizer sobre a pintura, que, aliás, ele não conhecia. Acho que ele não se interessa mais por mim, e que essa ideia de continuar assistindo às aulas como ouvinte na faculdade, mesmo depois de interromper meus estudos formais, começa a parecer ridícula. Mas eu ia voltar. Ia recomeçar o mestrado. Frequentar essa aula era um tipo de garantia. E o meu artigo era genial.

# Os estudos

Nenhum professor quer lidar comigo. Abandonei a aula de grego. Marco vai me orientar até o seminário. Ele andou me aconselhando, principalmente, a contar a história de maneira linear. Disse que se perde nos meus textos, que não está dando para entender. Ele aponta o dedo para mim agora até em outros assuntos, como se a vida dele estivesse nos trilhos. De tanto ouvir que estou perdendo o foco, passei dias com a cara enfiada na Pilha Claude, nos textos de outros pesquisadores aparentemente mais competentes do que eu. Travei em um que era em francês. O meu francês é terrível. Entendi algumas frases, passei o olho e larguei. Marco aponta o dedo, mas me encoraja. E eu me afundo. Herói em francês é héros, em grego é ἥρως (hērōs).

## Dia 1

Palavras que não conheço. Dicionário. Texto. Dicionário. Considero voltar para o curso de francês que abandonei na adolescência. Perco o foco. Saio para caminhar na praia, mas não demoro. Retomo o foco. Passo horas no mesmo texto. Acho que entendo. Acho que posso citá-lo na minha apresentação. Sonho com ele e com as palavras que não conheço. Considero voltar para o curso de grego. Estudo assim. Com um olho no Claude, um olho em mim.

## Dia 2

Decido que vou ficar um tempo trancada em casa. Passo no mercado, encho os armários e a geladeira.

Encontrei cerejas na promoção, abatidas, fora de época.

Estou preparada. Eu entendo Claude e Ajax e a vida.

No *Dicionário de Mitologia Clássica* de Pierre Grimal, Ajax é descrito como taciturno, benevolente e temente aos deuses. Ele carecia da sensibilidade, do amor pela música e da bondade de Aquiles. Era, antes de tudo, um homem de guerra.

## Dia 3

Escrevo. Penso no Marco torcendo por mim. Escrevo e gosto do que escrevo. Estou roendo as unhas. Claude conhecia a Bíblia de trás para frente, todos os símbolos, os personagens. Precisava disso para o seu trabalho, fazia parte do seu dia a dia. Mas pintar afrescos em igrejas não fazia dele religioso. Louise muito menos. Preciso explorar esse lado dela, mas não tenho muito mais o que explorar. Louise com um terço na mão é uma imagem impossível. E mesmo assim lá estava ela na vida adulta, trabalhando na escolinha com as freiras. Marco vai detestar o texto, talvez queira me sabotar. Louise escutava vozes.

## Dia 4

A data do seminário me assombra. Se eu tivesse começado esse processo antes, só um pouquinho antes. Agora preciso correr.

Na *Odisseia*, vemos um encontro no Hades entre Odisseu e Ajax.

"Ájax, filho do irrepreensível Télamon, nem mesmo na morte estás disposto a esquecer a raiva contra mim por causa das armas malditas que os deuses mandaram como flagelo aos Argivos?", pergunta Odisseu na tradução de Frederico Lourenço.

"Nós Aqueus lamentamos continuamente a tua morte, assim como lamentamos Aquiles, filho de Peleu", ele continua.

De todos os mortos, Ajax é o único que se mantém afastado. Depois de ouvir Odisseu, desaparece.

Odisseu não entende. Não é pelas armas que Ajax se afasta. Ajax foi destruído por completo. Afastar-se é a reação que sobra.

## Dia 5

Leio e estudo as pinturas. Revezo. Tenho dormido pouco. Leio. Tenho roído as unhas. Louise poderia ter deixado algumas cartas com uma letra completamente ilegível, aí eu escreveria um texto sobre a dificuldade de decifrá-la e sobre a angústia de ter um objeto inútil em mãos, que sobreviveu ao tempo mas não pode contar nada. Se Louise tivesse deixado algo para a posteridade, seria exatamente assim, em forma de uma brincadeira de mau gosto.

## Dia 6

Cansaço. A Pilha cresce, mas o texto, não. Penso em Marco. Estou dormindo pouco. Fiquei sem limpar o banheiro e ontem escorreguei no box. Uma parte do piso estava deslizando como manteiga e imaginei que, ao abaixar, veria uma crosta de pele morta.

## Dia 7

Eu sei o suficiente. Estou pronta. Voltei ao mercado, fui à farmácia, mas não vi ninguém. Não vi.

Preciso falar da infância, de Paris, do casamento. Tenho roído as unhas. Passo metade do dia na cama. Me engano. Sonho que leio. Sonho que entendo esses pedacinhos de Ajax que fui pegando de vários lugares.

*Saber que não se escreve para o outro, saber que as coisas que vou escrever não me farão nunca amado por aquele que amo, saber que a escritura não compensa nada, não sublima nada, que ela está exatamente aí onde* ***você não está*** *- é o começo da escritura.*

## Dia 8

A pesquisa é boa. O texto é curto e tudo bem. O que importa é como eu vou falar na hora e nisso eu me garanto. Eu sei que falo bem.

Tenho esquecido de comer e Louise escutava vozes. Estou com cheiro de igreja. Não sei de onde vem, mas está impregnado na ponta dos meus dedos, na barra da minha saia.

## Dia 9

Está tudo quase quase pronto. Marco vai amar. Eu gostei. Continuo dormindo mal e tenho roído as unhas. Marco vai gostar. Louise escreveu em algum lugar que sua mãe queria uma filha para ter intimidade com alguém e sua caligrafia estava impecável.

Em algum lugar Louise também escreveu pai, *Ajax* é mesmo um quadro muito bonito e eu gostaria que ele tivesse sido dedicado a mim. Mesmo que como uma provocação. Eu teria gostado. Eu teria gostado de um retrato meu. Mas você só pintava nobres. Só nobres.

## Dia 10

Claude não me devolve a palavra.

# As casas I

Três cenas:

I. Claude ganha de Natal os seus primeiros tubinhos de tinta. Seus pais o observam atentamente, esperando uma reação. Estão intrigados desde a primeira vez que Claude mencionou a vontade de pintar. Os três ficam se olhando por um tempo, o material no meio deles intocado. A mãe abre a boca em um pequeno "o". O pai arqueia a sobrancelha esquerda. Claude leva uma das mãos lentamente até um dos tubos. Os três sorriem e a vida volta ao normal.

II. Os tios de Claude por parte de pai aparecem em um verão para visitá-los. Ele precisa dividir tudo com o primo, que é um ano mais velho. No início eles se estranham e Claude fica muito calado, mas logo passam a brincar. Eles correm pelo vinhedo. O primo pega um cacho inteiro de uva, lindo, brilhante, e joga no chão. Claude dá um tapa no rosto do primo. Os dois choram.

III. A mãe de Claude aparece desesperada na sala procurando pelo marido, que sumiu. Claude procura na cozinha, nos quartos, no banheiro, nos fundos, até que corre em direção às videiras e encontra o pai deitado na fileira do meio. Ele estava olhando para cima, em transe. Ao perceber o filho, senta-se, pega o chapéu que havia caído, coloca na cabeça, solta uma risada surda e diz que se distraiu.

Três cenas:

I. Uma fileira de mulheres sentadas em um balcão, mexendo agressivamente com uma colherzinha o açúcar ou o adoçante no fundo de suas xícaras. Todas se parecem com a Laís.

II. A torta de limão, que a minha avó amava, em todo o seu esplendor na cozinha dos meus pais. Ela já está morta. Mas a minha mãe nunca deixou de encomendar a torta de limão para as reuniões em família. A torta estava nos encontros. Então, de alguma forma, Vovó também estava.

III. Laís na porta da Biblioteca Nacional me esperando com cópias de alguns documentos. Ela ainda estagiava lá e, sim, eu pedi uma ajuda, pedi um favor, pedi um último oi. Ela me entrega o pacote e nos cumprimentamos com um abraço rápido. Sei que não vamos nos ver outra vez. Laís nunca gostou muito de tortas.

# As casas II

Sua infância toma forma quando seguro cachos de uva na palma da mão. Pequeno Claude correndo à minha frente, galhos perfurando as nossas roupas. Antes de começar a pintar retratos, você conheceu a pintura dos galhos em suas pernas e então soube não só como eles se pareciam, mas do que eram capazes. As videiras como tridentes afiados invadiam o seu mundo pela janela e, no outono, ganhavam uma casca branca de gelo. Às vezes você sonhava com os galhos a dançar uma coreografia macabra ou então com alguém te espiando, escondido entre as fileiras de uva.

Nasceu dos galhos a vontade de pintar retratos.

Voltei a fazer circunferências com argila e senti muitas vidas palpitando dentro de mim esta aqui é uma forma de pintar um quadro mas o ânimo logo passou estou sem forças é esse o problema se eu de fato tivesse forças arrancaria a unha do meu dedão e contaria que você vivia em um mundo de pincéis e rabiscos Claude mas isso eu já contei contaria então que você ia para a pequena escola no centro da cidade um pouco longe de sua casa carregando um caderninho de desenhos debaixo do braço e estudava as faces dos colegas de sala mas você não gostava de estudar qualquer criança tinha as suas favoritas as crianças cruéis as que puxavam os cabelos das outras empurravam um pouco forte demais os amiguinhos minha mãe me contou que na escola as crianças eram más comigo e eu deixava. Que me batiam e eu deixava. Que pegavam os meus brinquedos e eu deixava. Você não empurrava nem machucava ninguém. Mas gostava de ver como quem assiste a uma peça de teatro.

No começo dessa semana, a minha mãe me convidou para almoçar. Eu já sabia, *sabia*, que o assunto era dinheiro. Abandono pressupõe um agente. Meus pais estão empenhados em me puxar para a realidade, que não é a realidade deles. Acho injusto. O almoço foi em um clube, lugar de rico, de herdeiro. Meus pais são sócios, mas eu não, não mais. Meu irmão ainda é. Ele é adolescente, ele é o futuro. Eu preciso pagar as minhas próprias coisas. Esta aqui é uma forma de pintar um quadro. Na sua época, Claude, sustentava-se o artista, o intelectual. O que é esse dinheirinho para os meus pais? Essa besteira que eu peço? Nada. Absolutamente nada. Vai ver o que a minha mãe odeia é a minha falta de cerimônia. Se eu fizesse um charme, fingisse uma vergonha, quem sabe até uma culpa, eles me ajudariam sem problemas. Então lá estávamos nós no salão do clube para o almoço. Fomos até o buffet, minha mãe e eu, enquanto o meu irmão digitava algo freneticamente no celular e o meu pai olhava a carta de bebidas. Eu segurava o meu prato e a minha mãe, o dela. Passamos pelas saladas até as opções quentes, eu fingindo olhar cada travessa. Ela me olhando de canto de olho. A conversa seria inevitável. Ela parou na travessa com salmão, que era o que sempre comíamos, segurou a colher enorme, escolheu um pedaço e a voz veio. Sutil. Sabe, filha, seu pai anda muito preocupado com você. Não era verdade. Se ela deixasse meu nome quieto em casa, acho que o meu pai esqueceria de mim e das contas e de tudo. Você decidiu o que vai fazer com o mestrado? Decidi. É sério? É sério. Então você vai terminar e trabalhar de verdade? Minha mãe não sabia muito bem como o mestrado funcionava, muito menos minhas opções de trabalho. Eu vou tentar de novo com outra pesquisa. Ela me passou a colher. Escolhi um pedaço de salmão. O olhar ansioso em mim. E isso tudo demora quanto tempo, Luísa? Fui andando o mais lentamente possível, procurando o arroz de polvo. Todo pintor é Nick. Ela atrás. Voltei para a mesa. Ela veio um pouco depois. Abriu um sorriso. Disse, meu amor, olha que alegria! A Luísa vai voltar para o mestrado. Meu pai sorriu e perguntou como está o Marco? Bem. A carne que ele pediu chegou. Ele separou um pedaço para o meu irmão, que ultimamente andava comendo pouquíssimo, quase nada. Comemos em silêncio. Enquanto o garçom retirava os pratos, minha mãe olhava para a toalha branca da mesa e repetia estou muito feliz por você, filha. Muito feliz. Até que levantei com o meu irmão para olhar as sobremesas. Todo pintor é Nick. Sempre gostei das bombas de baunilha. Entre o bolo de coco, o rocambole e o pudim de leite, as bombas sussurram o meu nome. Claude pintou Ajax. Não lembro da última vez que conversei com o meu irmão. Ele nunca foi no meu apartamento. Pode ser que tenha ido na época em que os meus pais ainda alugavam e passavam lá ocasionalmente para checar se estava tudo em ordem antes de um novo inquilino. Minha mãe quer que eu pague o aluguel de qualquer jeito. Acho que a minha mãe quer, de qualquer jeito, me humilhar.

Estou sem forças e Chambéry é mesmo uma cidade sem graça. Deve ser, na verdade não sei. Mas às vezes, Claude, você acordava e, assim que abria a janela, recebia um vento gelado, brutal, quase te empurrando de volta para dentro. A casa era também isso: um dentro com ventosas, uma sucção macabra. Havia o som dos corvos sobrevoando impacientes e o ranger de dentes, o tilintar de mínimos pedaços de unha caindo no chão frio, unhas das figuras esguias e pálidas e também sugadas dos seus pais. Dos meus tataratataratarataratara-avós. Daqueles velhos.

Boris Groys, em um texto que li no início do mestrado, fala sobre o efeito de infinitude que os arquivos podem causar. É o que sentimos caminhando por museus, pelos corredores e corredores de artefatos milenares, ou quando seguramos um manuscrito de um autor consagrado. Ele também diz que esse efeito é artificial. Para manter essa artificialidade, existem agentes. É uma boa artificialidade. É um efeito que vicia. Não consigo criar essa artificialidade para você e é por este motivo que estou aqui. Ou é disso que quero me convencer. Não. Não sei.

Chambéry é mesmo uma cidade linda. As montanhas nevadas em volta, florestas e florestas, um verde tão vivo que permanece assim até no inverno. A vinícola, as pequenas fazendas e casinhas nos arredores. E então o centro da cidade e a parte histórica. O centro é abraçado pelas montanhas, esmagado, parece um pequeno buraco de onde não se sai. As ruas apertadas e medievais, os prédios do século XIV conservados mesmo depois de um incêndio. O palácio branco como se fosse de gelo, com janelas longas e finas de onde se espia tudo. As igrejas. A catedral. Europa europa europa, ruas e casinhas e ai que lindinho e ai que chato. O google maps localiza a antiga vinícola. Não existe vinícola alguma agora. Não se sabe nem se a localização está certa. Mas o google maps diz que ela está lá. Não tem placa. É uma casa bem antiga com o que parece ser uma pequena fazendinha em frente. O chão é de terra. E, nossa, como eu amo meu pintor esquecido. Como gosto dele *porque* é esquecido. A casa é só uma casa. Que alívio. A casa é só uma casa e ela não diz nada sobre você e não diz nada sobre mim. Casa. Acervos são casas com proteções demais, mas nem sempre com placas de aviso: aqui moram as dores de alguém, os gostos de alguém, as faltas.

Eu deveria ter forças. Deveria arrancar as unhas para mostrar a mim mesma que consigo tudo. Consigo tudo. Consigo tudo.

A sua segunda casa foi a Universidade de Belas Artes de Chambéry. Você continuou morando com os seus pais enquanto estudava lá, mas passava pouquíssimo tempo com eles. Fazia uma caminhada todos os dias da casa até a universidade. Uma caminhada longa. Mas você não se importava, não se isso significasse passar o máximo de tempo possível por lá. Logo no primeiro ano, você foi acolhido pelo professor e retratista renomado Pierre-Emmanuel Moreau. Dos galhos para braços esticados e cinturas curvadas. Das uvas para tintas de verdade, de todos os tons possíveis, à disposição. Com um guia, um mestre, a motivação aumentava. E os seus pais passaram a olhar esse crescimento com certo orgulho. Quando aquele primo que jogou o cacho de uva no chão visitou a família para um dos almoços costumeiros, o seu pai disse com pompa que tinha comprado as suas primeiras tintas.

Estou mantendo as minhas unhas. Você conheceu Meride dois meses antes de terminar a formação em Chambéry e mudar-se para Paris. Os pais dela tinham mais dinheiro do que os seus e ela estava acostumada com outros tipos de cuidado. Não fazia nada sozinha. Mais do que casar com você, ela queria casar com uma promessa.

Se ela gostava de roupas caras, de atenção, de ser servida, os pais dela gostavam de vinho. Visitavam a vinícola da sua família e, um dia, a arrastaram até lá. Ela foi bastante contrariada, mas logo você apareceu: universitário, artista, preparando-se para Paris. Sua beleza não era ímpar, mas a dela também não. Miúda, opaca, com olhos de quem está sempre implorando por alguma coisa.

Mesmo com as pequenas discussões já no início, você havia decidido, desde o primeiro sorriso de Meride, que ela seria a sua mulher. Era ela. E com o anel de noivado no dedo, você viajou.

Estou mantendo as minhas unhas. A terceira casa foi um apartamento minúsculo e muito antigo que você dividia com outros três estudantes. Dois beliches, uma lixeira no canto do quarto, um armário perto da porta e banheiro comunitário do lado de fora, no final de um corredor. Logo ao chegar, escreveu uma carta para os pais e outra para Meride. Conheceu seus companheiros de quarto e sentiu-se bem recebido. Estava satisfeito. Era isso mesmo que esperava, a vida com menos confortos na cidade grande que fazia tudo valer a pena. Você sonhava com o Louvre. Estava desesperado para ver todos os quadros, ler todas as legendas, conhecer os cantos mais secretos do museu. Minha mãe me ligou ontem e passamos um bom tempo no telefone.

Com alguns meses de aula, você conheceu Horace Vernet, pintor de cenas de batalha. Preferido do rei Luís Filipe e, depois, de Napoleão III, seus quadros retratavam de forma realista o horror e o romance das guerras. A atenção e criatividade de Vernet com cada soldado era deslumbrante. De roupas iguais, vivendo uma experiência coletiva, cada pequeno soldado contava uma história diferente, pessoal. Não eram anônimos. Eram alguém. Você via nessas telas enormes um retratista nato. Seus estudos com Vernet apareceriam sempre em sua obra, como rastro. Em vez de pintar cenas de batalha com personagens detalhados ao máximo como se cada um fosse um retrato, você pintaria retratos com a violência e a sombra de uma cena de batalha escondida. Ajax prova o domínio das técnicas ensinadas por Vernet. *O violinista* é um retrato que esconde uma batalha.

Você pensava em Meride quase o tempo todo. Não sentia exatamente a saudade dos apaixonados, mas a ansiedade de construir uma família com ela. Nas cartas que enviava, narrava tudo em detalhes. Falava sobre os seus dias, seus estudos, seus novos amigos. Descrevia as belezas parisienses, o clima, as pessoas, os lugares. Meride era mais breve. Demonstrava empolgação e afeto, mas falava pouco sobre ela mesma. Repetia sempre que estava com muita saudade e com muito orgulho.

Sempre que falo em público, minhas mãos se agitam no ar freneticamente e sem que eu perceba. Uma amiga me disse que tenho mãos de passarinho. Senti um pouco de vergonha, mas agora sei que dessa forma ninguém vê as minhas unhas roídas, as peles puxadas em volta, os restinhos de sangue. Veem apenas dedos ensaiando voos, dançando, dando conta de uma pesquisa.

# As casas III

Pai, estar constantemente diante do tamanho monumental dos quadros pintados pelos seus mestres, das cores vibrantes e variadas, do cheiro forte de tinta que fazia você sentir como se estivesse nadando dentro das telas, era uma experiência quase irreal. Uma experiência que eu nunca tive. Você via os rostos de Bonaparte, passava horas observando algum Delacroix, visitava igrejas quase todos os dias para analisar afrescos e pensava nos palácios, na elite e nos pintores que circulavam por esses espaços. Você só virou pai quando a minha mãe morreu.

Marco veio aqui em casa arrumar minha estante de livros na sexta. Eu tinha passado grande parte da noite sentada no chão do banheiro, em claro. Isso tá um caos, disse me abraçando meio de lado, meio rápido, com pouco contato porque sempre fomos assim. Marco sabe que vou bagunçar tudo de novo, mas insistiu em vir. Insistiu em parte por saber que estou triste, em parte por ter um verdadeiro tesão nisso. A gente se entende é no amor pelas coisas. Não falamos do seminário. Eu só disse que não parava de pensar na vergonha que passei com a Cléo. Ele já tinha recebido o meu texto, mas não fez comentários, ainda não devia ter começado a ler.

Nunca alimentei um imaginário de casal para o meu futuro, mesmo que de certa forma tenha funcionado com a Laís. Não consigo mais fazer essa construção. Eu e Cléo, de mãos dadas na Lagoa. Não funciona. Eu e Marco na Lagoa chapados, bêbados, caminhando depois para mais um bar, o nosso bar, e então para o terraço da casa dele, no frio, bebendo Amarula. Porque eu quero ficar o tempo todo com ele. Porque eu sei ser amiga, mas não sei ser namorada. Não quero saber ser. Vamos passar o Ovídio aqui para o meio, vamos? Merece destaque. Marco empilha os livros nos próprios braços. Antígona, Electra. Ele também sabe cuidar melhor de coisas. E sabe cuidar inclusive das coisas dos outros. Olho para ele olhando a estante, concentrado. Você tem três *Odisseias*. Uma é em prosa.

Voltar para a realidade pacata e nevada de Chambéry poderia ser um choque terrível para jovens menos resignados. A maioria fazia de tudo para permanecer em Paris. Você não. Estava decidido a construir uma família perto dos seus pais, na área rural. A nossa família. Que não valeu a pena. Valeu? Você deveria ter escolhido Paris.

Nunca te vi pintar um quadro com cenários brasileiros. Nenhuma pintura de paisagem, natureza, animal. Também não vi autorretratos ou quadros dos nossos familiares e amigos. Nada além de nobres, de retratos de nobres. Às vezes imagino como seria se você tivesse deixado um diário para a Luísa. Ela morreria pelas suas impressões sobre a comida, as pessoas, o clima. Infelizmente, você não vivia muito fora do grupinho da missão francesa. Mesmo assim, viu tanto. Nós vimos. Mas o foco aqui é você. Tudo você. Você viveu durante os duros acontecimentos políticos, você sentiu o Rio de Janeiro mudar cada vez mais rápido, você pintou a sociedade escravocrata. Bebeu com ela. Frequentou mansões. Pintou D. Pedro II. Olharam-se nos olhos. E este quadro, sim, está perfeitamente preservado. D. Pedro aparece como uma figura esguia, vestindo longas calças brancas, ombreiras douradas, farda. É atraente, saudável, forte. Barba longa e cabelo bem penteado, lustroso. Cenho franzido. Apoiado em uma espada.

Marco disse que posso falar o que quiser, mas preciso consertar a parte sobre Ajax. Ajax, ele me confronta, não foi um coitado prejudicado por Atena. Atena fez Ajax matar o gado porque Ajax tentou matar o exército do qual fazia parte. Eu ainda acho Ajax um coitado. Odisseu também achava.

Pai, o casamento de vocês correu bem. Com a ajuda das duas famílias, você e mamãe adquiriram uma casa própria que já os esperava para a noite de núpcias. Abandono pressupõe um agente e a sua mãe, Luísa, não sonha com o seu casamento. Nem toca no assunto. Ela conheceu a Laís. A Laís é melhor do que você. A Laís tem um trabalho de verdade. Era charmosa a casa, ainda que pequena. Ficava entre a parte rural e o centro da cidade de Chambéry. Mamãe passou os primeiros dias em extrema alegria. Sentia-se livre, sua risada preenchia todo o ambiente. Com a chegada do outono, ela foi rindo menos. O piso era de pedra. A porta não barrava o vento que vinha de fora e sacudia a noite inteira, como se alguém tentasse entrar a todo custo.

O seu material de pintura foi cuidadosamente arrumado em um cantinho da sala de estar. Mamãe não chegava perto. Respeitava aqueles objetos curiosos e vivia com medo de estragar alguma coisa. Ela admirava e gostava da sua companhia mais silenciosa. Você acreditava que ela deveria aproveitar a vida como bem entendesse, procurando novas atividades, fazendo mais amigos. A única regra tácita que existia na casa era que ela não podia interferir na relação que você tinha com o seu trabalho. Caso mexesse em algum quadro, reclamasse das horas dedicadas à pintura dentro ou fora de casa, você poderia explodir. Mas isso nunca aconteceu.

Marco não atende às minhas ligações, não responde às minhas mensagens.

No início do casamento, você já havia decidido tornar-se retratista. Não pintou mamãe. Ganhava dinheiro como professor substituto na Universidade de Belas Artes. Vez ou outra, conseguia vender uns quadrinhos para pequenas galerias e colecionadores.

Pai, *Ajax* é mesmo um quadro muito bonito e eu gostaria que ele tivesse sido dedicado a mim. Mesmo que fosse como provocação. Eu teria gostado. Eu teria gostado ainda mais de um retrato meu. Mas você só pintava nobres. Só nobres.

# A viagem

Marco, preste atenção.

Consigo inventar tudo. Penso menos em unhas e mais em afrescos.

Comecei a me ver em diferentes pinturas. No lugar de santos no lugar de mártires. Só que muito mais bela do que eles muito mais jovem e muito mais viva nas minhas tantas mortes.

A ideia da viagem veio de um professor da Universidade de Chambéry. Ele passaria um mês na Itália, entre Roma e Florença, estudando e frequentando casas de famílias ricas, que precisavam de retratistas, que compravam arte, e convidava Claude para acompanhá-lo. Claude sentia que essa era a sua chance de ficar conhecido. Convenceu Meride de que o tempo que ela ficaria sozinha valeria a pena. Meride sonhava com a fama do marido mais do que ele próprio. Ela queria frequentar as casas dos nobres, ser convidada para bailes e jantares de gala. Claude partiu mais uma vez.

A alguns minutos do Coliseu, fica a Basílica de Santo Estêvão Redondo. Construída no século quinto, chama a atenção pelo modelo redondo que mais parece um templo grego. A estrutura era maior e toda aberta para a entrada de luz. Agora, ela é fechada no teto e nas laterais. Poucas janelas permanecem abertas e, quando bate sol, a luz invade o ambiente, dando vida aos afrescos que, em série, estampam as paredes.

Descobri a Basílica lendo um texto sobre a presença da violência em pinturas italianas ao longo dos séculos. Eu queria ver o que Claude viu na Itália, buscar suas referências. A mais óbvia seria Caravaggio. Mas essa era a referência comum a todos. Eu queria voltar ainda mais atrás, encontrar algo mais específico. Foi assim que cheguei até as fotos da Basílica.

A violência tem motivo. Cada afresco mostra uma cena de martírio diferente. Eles foram encomendados pelo Papa Gregório XIII com um objetivo didático. "Martírio", do grego "Martiria", significa testemunha. Os fiéis que visitavam a Basílica eram convidados, então, a testemunhar a prova de fé dos mártires. Não se encontram afrescos com o mesmo peso gráfico em igreja nenhuma. A violência da Basílica é única.

Charles Dickens, sobre os afrescos, escreve, após uma visita, que um panorama como esse, de horror e carnificina, nenhum homem poderia imaginar em seus sonhos:

"Homens de barba cinza sendo cozidos, fritados, grelhados, frisados, chamuscados, comidos por animais selvagens, atormentados por cachorros, enterrados vivos, despedaçados por cavalos, cortados em pequenos pedaços por machadinhas: mulheres tendo seus seios rasgados com pinças de ferro, suas línguas cortadas fora, com as orelhas arrancadas, as mandíbulas quebradas...".

As cores pastéis têm algo de doce. Um doce que, quanto mais é observado, mais insuportável fica. É preciso olhar com calma para viver a experiência do choque. Os afrescos não berram nem assustam de imediato. São mais como pequenas agulhadas que começam tímidas. Talvez exista alguma aproximação com Bosch, a sensação de ir percebendo elementos esquisitos na composição até que o todo faça sentido.

Marco, você me devolveu o texto que preparei para apresentar no seminário com comentários agressivos. Além de não ter gostado, você foi cruel. Eu não teria feito comentários grosseiros assim nem para você nem para ninguém. Consigo até te ver marcando o texto com satisfação em dizer que está uma merda.

O Martírio de Santo Estêvão

O primeiro mártir. Mãos abertas, palmas para cima, joelhos no chão. Olha para o alto em tristeza absoluta. Atrás de Estêvão, dois homens com punhos levantados segurando pedras. À sua frente, um homem na mesma posição que os outros dois. Não se sabe de onde virá o primeiro golpe. Cercado, entregue, recebe a dança metálica da despedida. Você sempre gostou, Marco, sempre gostou de me cutucar quando possível, de dar um empurrãozinho aqui e ali para que eu me humilhasse ao menos um pouco. Já chorei tanto por você. Me emocionei quando você se formou, me emocionei quando passou para o mestrado. E agora também o silêncio. Os comentários brutais seguidos de silêncio. Quem me ajuda a destrinchar isso agora?

O Martírio do Papa Sisto II

A batina voa para trás em um sopro branco e dourado de ventos cruéis. As mãos à frente do corpo adornado seguram a cabeça. O rosto é sério. Apenas a feição indiferente do Papa, sua longa barba branca escorrida e a mitra intacta. O corpo segue assim. Segurando a cabeça decapitada. Sangue jorrando do pescoço. Sangue que não suja a batina.

"Falta coerência", "falta estudo", "as referências não batem". Você sequer leu? Leu? E ainda me manda perto do prazo. Marco. Marco. Marco, eu sinto uma vontade de te odiar para sempre. Não consigo. Gosto quando você me conta os segredos dos museus onde trabalha, os segredos da igreja. Gosto quando você arruma os meus objetos, porque é o que você consegue. Não gosto quando você arruma as minhas palavras. Você tem raiva de mim. Não sei de onde vem, mas se acumulou. Se acumulou. E eu jamais misturaria as coisas. Não prejudicaria a sua carreira só por estar com raiva de você. Não vou conseguir mudar o texto sozinha. Não vou conseguir. Mas não posso deixar de ir ao seminário. Eu vou mudar. Eu vou sozinha.

Martírio do Santo Artêmio

Para perceber que os dois primeiros corpos estão decapitados, é preciso atenção: ver corte no lugar da sombra. O sangue já está amarronzado. Os rostos pálidos. Os corpos foram pintados na horizontal, deitados em um gramado. O terceiro corpo, atrás dos dois primeiros, tem apenas dois cortes no pescoço. Não foi decapitado. O quarto está prensado entre duas pedras lisas e grandes. Um braço pende para fora. Uma perna foi desmembrada, vê-se apenas a pele aberta da coxa. Há sangue escorrendo até o gramado. Esse é vermelho. Muito sangue. Os olhos saltam das órbitas, presos por fios muito finos. Um deles encosta na pedra.

Lembro de você sempre que entro em igrejas. É quase uma reza. E desejo que os pensamentos te alcancem. Se um dia eu te perder, é nessa igreja que vou rezar. Mesmo que eu normalmente não reze. E nem você. Vou rezar para as paredes, para o sítio arqueológico, para a Virgem Maria que você veste e desveste na Semana Santa.

O Martírio de Santa Ágata

Olhos virados para cima, uma faca enfiada em seu peito aberto, a carne exposta, o sangue pingando. Um homem segura a faca e encara o chão, mais interessado nos próprios pés.

Eu quero você feliz mais do que quero a minha mãe e o meu pai e o meu irmão felizes. Não sei por que te quero bem e acho que agora na verdade eu não quero mais. Quero que você seja muito humilhado, fortemente humilhado, quero que não tenham pena de você, que o seu mestrado vá para o caralho e que você me implore muitas coisas, me implore abrigo, me implore atenção, me implore dinheiro.

O Martírio dos Inocentes

Bebês azulados pelo chão, entre soldados armados com espadas afiadas e mães desesperadas agarrando as crianças que restaram vivas. Todas as mães estão de boca aberta. Todos os soldados estão de boca fechada. Penso em como você restauraria os afrescos de Claude, Marco. Faria tanto sentido você ser o restaurador. Faz tanto sentido você e o Claude me assombrarem assim. E a sua voz repetindo que uma restauração bem feita precisa ser reconhecível e reversível. E que isso você leu em Roma. E que você foi até lá e eu não.

Em alguma vida nós queimávamos acervos, Marco. Observávamos as cinzas dos papéis, registros, fotografias e estátuas que não nos pertenciam e nunca nos pertenceram. Nossas casas eram como as casas dos romances do século XIX que sempre acabam em fogo. O pintor não voltava, nem a filha. Não havia seminário.

Em alguma vida eu queimava acervos e não tinha mortos. Vivia das novidades, no máximo dos arquivos de outros mortos sem conexão comigo. Eu não sentia dívidas com o passado, nem escrevia sobre um parente longínquo. Eu jogava no fogo os arquivos herdados sem nem olhar. E queimava documentos preservados em instituições. Eu dizia não. Me recusava a visitar museus procurando o meu sobrenome. Não tentava preencher lacunas, não inventava narrativas para personagens sem rosto. Brincava de outra coisa. Ajax é um quadro lindo é um quadro lindo e para mim ele se encaixa tão bem no grotesco da Basílica de Santo Estêvão Redondo e eu quero tanto conversar com essas paredes de mártires e eu não sei o que é querer morrer por algo ou alguém mas às vezes me imagino bem no meio do auditório lotado de pesquisadores preparados para o seminário não mais fugindo da espada de Ajax mas me jogando nela.

Se Claude conheceu ou não os afrescos, é impossível dizer. Mas eles parecem combinar dois de seus interesses: as cenas violentas de batalha e as pinturas sacras. Tendo visto *Ajax*, sei que os afrescos de Claude poderiam ter ousado mais. Mesmo que neles sempre apareça algo de violento, é muito mínimo. Muito escondido. Quase inventado. Por mim.

# A criança

Com a volta de Claude para Chambéry, ele e Meride viveram meses tranquilos. Claude trabalhando como professor substituto na Universidade e dando aulas de pintura por fora, Meride perguntando com frequência como era a Itália. Claude não havia escrito muitas cartas dessa vez, não como escrevera durante o tempo que passou em Paris. Meride sentia viver através dele e um certo incômodo apertava seu peito de vez em quando. Mas a convivência era boa. Estavam bem. Eram saudáveis, felizes.

Sinto muito verdadeiramente que o tempo tem certas fendas, que alguns agoras vazam no passado, que o passado escuta. Quando comecei a estudar grego, não me importava com Claude, nem conhecia *Ajax*. Mesmo assim, a pintura já me chamava. Claude parecia saber que eu chegaria para entender os seus mistérios. Ele apostou em mim. Marco errou nos comentários. Pesquisar acervos antigos assim é charmoso, mas o charme também cansa. Amarro, então, uma mão invisível na minha. Marco não me respondeu. Fiquei sozinha com os comentários, repassando cada um sem conseguir realizar mudança alguma. Em um momento de desespero, liguei para os meus pais e os convidei para o seminário. Minha mãe disse que, se eu tivesse feito o convite com antecedência, teria se programado para isso, mas que já tinha se comprometido com as amigas dela. Me arrependi. Disse que, na verdade, ninguém leva os pais para esse tipo de evento, que não era realmente necessário.

Em poucas semanas, Claude começou a ser convidado, enfim, para os jantares, para exposições e eventos. Os convites não se estendiam para Meride. Ela sentia que habitava uma casa cheia de pessoas desconhecidas, que cada retrato guardava algo de estranhamente vivo, uma centelha, uma respiração que levantava a tela quase imperceptivelmente. Eram tão reais, os retratos. Eram a sua única companhia. Sete meses depois de Claude voltar para Chambéry, Meride descobriu que estava grávida.

Meus pais nunca demonstraram interesse pela pesquisa. Claude funciona mais como um mito, um símbolo de nobreza do passado, o que é um pouco risível. Ele nunca foi nobre. Mas artista na família é bom assim, quando nasce na Europa e fica com o nome conhecido. Minha mãe ligou me convidando para lanchar com ela e com o meu irmão. Ela está tentando. Parou de cobrar a minha independência imediata. Na tarde anterior ao seminário, eu me encontrava em um café em Ipanema com os dois. Meu irmão parecia muito bem, até bonito. Estava arrumado e se comportava como se tivesse crescido muito em poucos meses. Ele pediu um suco de frutas vermelhas e minha mãe, um café. Percebi que ninguém ali iria comer e eu estava com fome. Pedi um sanduíche, um suco de laranja e um café, e por um tempo os dois ficaram me olhando comer sem dizer quase nada. Fui mastigando o pão com dificuldade, ele esfarelava para todos os lados e eu não conseguia conter as migalhas. Tenho certeza de que meus dentes ficaram todos sujos e o café esfriava e eu não sabia se tomava o suco ou o café e fui bebendo tudo meio junto e eles não diziam uma palavra. Foquei no copo de suco, cheia de vontade de quebrá-lo com os meus próprios dentes sujos de pão dando uma mordida forte na borda fina. Perguntei como o meu irmão estava indo na escola.

Quando Meride contou a notícia para Claude, sentiu sua própria empolgação diminuir e passou a viver na cama, como doente. Tinha pesadelos monstruosos, sonhava com garras rompendo a sua barriga, seus órgãos espalhados pelo chão, com o bebê morto. Só se alimentava de sopas e caldos. Seu bebê seria perfeito, saudável, forte, feliz. Tinha pesadelos monstruosos.

Aos poucos, minha mãe foi se soltando e falando mais. Contou novidades sobre as minhas primas e disse que a minha tia-avó andava meio mal, com uma mania nova de repetir frases aleatórias como se estivesse estudando o impacto delas nas pessoas à sua volta. A favorita era "mas que tristeza", que ela testava na padaria que frequentava praticamente todos os dias. Escolhia uma mesa, sentava, fazia o pedido e repetia a frase bem alto para o garçom e para quem quer que estivesse por perto. "Mas que tristeza", "mas que tristeza", ela falava, e comia sem esboçar reações.

Meride imaginava-se descendo as intermináveis escadas da Universidade de Belas Artes sangrando, segurando a cabeça do bebê entre as pernas, pedindo ajuda, deixando um rastro de sangue escuro, preto. Pensamentos assim a invadiam constantemente. Claude não sabia. Via apenas suas mudanças de comportamento, que ele considerava normais. Se Meride colocasse em palavras a cena das escadas que atormentava os seus dias, começaria em uma sala de aula vazia. Claude ausente. Suor escorrendo pela testa, ela assustando os alunos que esperavam o início da aula. Dá as costas, bate a porta, procura as escadas. Um pé de cada vez. Movimentos lentos. O médico recomendou movimentos lentos. Agarra o corrimão e olha bem para cada pé. Posiciona o primeiro no primeiro degrau da escada de mármore. Alunos atrasados passam de raspão, o suor escorre, um degrau por vez. Ao alcançar um novo piso, respira fundo. Um arrepio percorre a espinha. Precisa ir para casa, para o hospital talvez, um pé de cada vez, menos lentamente, se dá conta do vazio, os alunos trancados em salas, o teto é branco, ornamentado, alto, lembra das grávidas que perdem os bebês em tombos. Está suando, arrepiada e tem pressa. Uma pressão começa a incomodar no canto direito da barriga. Nos piores pesadelos, é dali que sai o monstro. Que não é o bebê. Que está no lugar do bebê. Que sumiu. Tenta pisar firme para pisar rápido. Cada pé em cada degrau de mármore, um sonoro BUM. Abandonou o corrimão faz andares. Desce quase correndo, solta gemidos de dor, é ela o monstro aterrorizando escadas. De braços abertos, curvados para baixo, uma predadora gigante e pesada, com boca contorcida, olhos vidrados. Chega no primeiro andar. Não tem monstro rompendo barriga. Nem ela continua monstro. Escuta passos na entrada da universidade. Pode pedir ajuda. Não precisa mais: avista Claude carregando um bloco de papéis. Ele caminha em direção à escada. Ela está bem está bem

está

bem.

Ficamos bastante tempo no café. O tempo queimava dentro de mim, como se o passar das horas fosse mesmo o temporizador de uma bomba. Devo algo a *Ajax*. A Claude nem tanto. Mas ao quadro. A gente sempre deve algo aos objetos.

Não sirvo para ser mãe. Nem mãe, nem namorada, acho que nem amiga. Acho que nem pesquisadora. Acho que sirvo para o Marco.

Era noite quando a bolsa rompeu. Meride passou o dia sentindo contrações, foi orientada pelo médico a esperar. Claude, envolto na tensão crescente, não conseguia comer e esforçava-se para se distrair com todo tipo de tarefa inútil. Meride repetia sem parar que o parto daria errado, tinha certeza. Seus pesadelos foram avisos. Morreria, perderia o bebê.

Voltando do café, me imaginei no auditório do seminário. Primeiro, a imagem de rostos sorrindo em admiração e comentários elogiosos. Depois, a imagem que durava mais, os mesmos rostos contorcidos em caretas terríveis, desfigurados, gritando que a pesquisa era ridícula, que ninguém é obrigado a se interessar pelo meu tataravô só porque eu me interesso. Foi o que o Marco tentou me avisar. Que eu preenchi lacunas demais, que o quadro não é tão relevante quanto faço parecer. Também comecei a imaginar como seria se eu acordasse no dia do seminário com a boca infestada de aftas. A ponta dos dentes as espetaria sem parar e sairia um líquido de gosto amargo misturado em sangue e minha boca viraria uma poça banhando os pequenos vulcões inflamados e eu não conseguiria falar sem cuspir o líquido nos meus papéis, na minha roupa, e desistiria da apresentação para repetir em grunhidos inaudíveis "mas que tristeza", "mas que tristeza", "mas que tristeza".

A criança saiu com uma facilidade rara. Logo a menininha estava embrulhada em seus panos, no colo da mãe. Meride não sofreu. Saudável, segura, sem riscos. Mas a sensação de alívio não chegava. Meride não queria ninguém perto da filha. Claude, que não estava exatamente ansioso para segurar a menina no colo, no início sentiu-se calmo por poder se aproximar do novo serzinho aos poucos, no seu tempo. Ele escolheu o nome Louise. E olhava a pequena de longe. E ela devolvia o olhar. E por um tempo foi assim.

Ultimamente, comecei a comprar livros sobre pessoas que sentiram suas vidas mudarem quando se depararam com alguma obra de arte específica. Uma descrição comum é a de que o mundo treme, entra em convulsão e que o corpo chega a se dobrar diante da obra. Minha relação com *Ajax* talvez não seja nada mais do que isso. Acho que eu teria me curvado de qualquer jeito. Acho que inclusive me curvo com mais dificuldade justamente por ser de Claude. Essa pesquisa é como tantas outras. Uma obsessão causada por vozes do passado que me alcançam. Isso é tão batido. Mas o que é a arte senão essa tentativa bem-sucedida de alcance? Pensei na relevância da pesquisa, querendo justificá-la para mim, mas só lembrava dos comentários de Marco. Eu estava pesquisando um francês sem nem falar francês. Eu estava em um seminário de História da Arte sem formação na área.

Com o passar dos dias, Claude foi insistindo em um contato maior com a filha. O que antes trouxera calma, transformava-se lentamente em um problema. Meride não cedia. Não confiava em Claude com Louise. Apenas ela podia segurar a filha, apenas ela podia trocar as roupas e alimentar a criança. Não queria ajuda. Queria ficar sozinha com Louise. Quando os avós das duas partes foram visitá-los, Meride fechou a cara e fingiu que estava passando mal para afastar as visitas. Sua necessidade de isolamento começou a piorar. Enquanto isso, Claude colhia os frutos da Itália. Encontrava-se com os artistas mais respeitados de Chambéry e era recebido por famílias que passavam mais tempo em Paris do que na cidadezinha dos alpes. Foi nesse momento que ele ficou sabendo por amigos influentes a situação da família real portuguesa, foragida no Brasil, longe do caos das guerras napoleônicas. Claude imaginou que uma novidade desse porte animaria Meride. Sair da França, criar a filha em ares diferentes, uma aventura. O efeito foi reverso. Meride não queria uma aventura. Ter carregado um bebê na barriga por meses foi a aventura, ter parido foi a aventura. Claude não sabia o que fazer. Já havia desistido de lutar para ser pai. A criança era de Meride e só de Meride.

A sala do seminário parecia um museu. Cadeiras antigas de madeira com estofado vermelho enfileiradas, a mesa principal em cima de um palanque e quadros de figuras históricas nas paredes. Todas masculinas. Em um canto, havia uma vitrine com medalhas, prêmios acadêmicos, objetos que pertenceram a escritores conhecidos. Objetos catalogados pelo próprio Marco. A sala ainda estava um pouco vazia. Percebi professores agrupados, provavelmente os professores da casa, e outros sozinhos atacando a mesa do cafezinho. Uma das organizadoras do evento me guiou até a sala do credenciamento. Segurei o crachá com o meu nome completo logo abaixo do nome do seminário. Pendurei no pescoço. Depois tirei e fiquei balançando a cordinha entre os dedos, até colocá-lo finalmente no bolso da calça.

A vontade de ir ao Brasil foi deixada de lado. Só a menção de uma possível viagem transtornava Meride. A primeira infância de Louise foi vivida entre uma mãe controladora e um pai melancólico. A relação de Meride e Claude nunca voltou a ser o que era antes da gravidez. Não se entendiam. Aguentavam-se pouco. Louise crescia e parecia cada vez mais bonita. Louise era terrível. E começava a desenvolver certa carência do pai que ela amava a distância. Ansiosa, esperava Claude voltar da Universidade todos os dias perto da porta. Mas, quando ele chegava, não sabia o que fazer e fingia descaso cumprimentando-o com um aceno de cabeça.

Outros palestrantes foram chegando. Eu não conseguia sair da sala do credenciamento. Avistei professores conhecidos que me cumprimentaram de longe. Olhei o relógio, mexi nos meus papéis jogados na bolsa, avaliei intensamente se deveria ou não tomar um café. Fui ao banheiro. Sentei na tampa da privada, cruzei minhas pernas, mandei uma mensagem para Marco.

Ele não responderia, não responderia. Era para ele ter chegado. Eu ouvia as vozes vindas do auditório ficarem cada vez mais altas. Saí do banheiro. No caminho para o auditório, a mesma organizadora me chamou mais uma vez e disse Luísa, deixaram uma caixa para você.

Claude conseguiu o cargo de professor fixo na Universidade de Chambéry. A renda era boa. Aquela fama que Meride sonhou para o marido, porém, não havia chegado totalmente. Ele aproveitou uns bons meses de agito social, mas a influência da Itália durou pouco. Pelo menos o antigo desejo de Meride por roupas caras, festas e prestígio não era mais uma questão para ela. Queria estar com a filha, só isso. Queria que a filha tivesse conforto, mas nada exagerado. Caso recebesse o convite para algum baile, provavelmente recusaria. Baile não era lugar de criança.

O embrulho era azul e precisei segurá-lo com as duas mãos. Enquanto o carregava até uma mesa, meu crachá escorregou do bolso e fez um barulhinho engraçado no chão. Voltei para apanhá-lo. A sala agora estava cheia. Palestrantes andavam de um lado para o outro, relendo os próprios papéis, tagarelando e rindo aquela risada alta de adrenalina. Não vi cartão no embrulho. Por um momento achei que fosse um presente da minha mãe. Quando abri, tive certeza de quem mandou, o que era e o que significava. Parcialmente enrolada em papel chiffon, uma cabeça de cera olhava para mim. O cheiro da Igreja do Carmo me envolveu em um abraço sepulcral. Minhas mãos frias, meus olhos vermelhos, minha falta de saliva, uma explosão para dentro. Talvez pior do que uma explosão, do que um incêndio, um completo murchar. Eu me percebia virando cadáver, virando poeira, me torcendo na minha própria pele roxa e enrugada. Eu me percebia caçando o rosto de Marco na memória e tudo que encontrava era uma bagunça de retratos borrados que se recusavam a exibi-lo por completo.

Ela ainda pensava nas escadas, como se continuasse grávida. Ainda tinha pesadelos. Enquanto isso, Louise sufocava.

Com dificuldade, segurei a cabeça. O rosto de uma mulher. O rosto sem cor de uma mulher. Era mais pesada do que eu esperava. Joguei a cabeça na caixa. Fechei os olhos. Peguei a cabeça novamente. Olhei em volta. Os palestrantes subiam no palanque, as cadeiras da plateia já estavam preenchidas. Testei as unhas na cera. Entravam. Parei. Dei um beijo no topo da cabeça. Como minha mãe fazia comigo quando eu era pequena, e meu pai, e o Marco uma vez. Joguei a cabeça de volta na caixa.

Meride foi mãe por pouco tempo, nem sempre tomou as melhores decisões, mas foi uma boa mãe. Estou afirmando. Foi melhor do que a minha. Mas Meride não foi filha da minha avó. E eu sei que essas comparações não fazem o menor sentido. E é por isso que os meus professores pararam de me apoiar. E é por isso que não volto para o mestrado. E é por isso que Marco me incentivou a ir ao seminário. Talvez o fracasso me acorde. Talvez assim eu pare e encontre o foco mais uma vez. Talvez ele se preocupe, afinal.

Marco não estava lá. Não estaria lá, entendi. A organizadora indicou meu lugar na mesa. Outros três lugares estavam preenchidos por pesquisadores de verdade. Percebi a plaquinha com o meu nome. Não peguei o crachá. Arrumei os meus papéis e vi que minhas unhas estavam sujas de cera. Um dos pesquisadores de verdade abriu o seminário e eu não prestei atenção em nada do que ele disse. A cera deveria estar também nos meus ouvidos e nos meus olhos agora embaçados e na minha garganta.

Os anos foram pesando. Claude enchia a casa de retratos, Louise ganhava uma irritabilidade que incomodava até Meride e Meride sentia uma queimação por dentro do corpo inteiro. Claude acompanhou de longe Louise aprender a falar, andar, desenhar, escrever o próprio nome. Frequentar a escolinha da cidade. Mas seu tempo na educação francesa durou pouco. Meride morreu no início de um ano letivo. Louise não viu a cena da cereja, mas comportou-se como se já soubesse de tudo antes mesmo de acontecer e nos menores detalhes. Claude pensou agora as coisas vão melhorar, mas escondeu o pensamento atrás de camadas e camadas de culpa. Louise incorporou os dramas da mãe e passou a dizer o quanto Meride era admirável, o quanto ela, Louise, era grata pela mãe que teve. Louise só retomou os seus estudos no Brasil. Claude a ensinava muitas coisas. Falava sobre a Itália.

Eu não enxergava bem a plateia. Via um mar de cabeças borradas. Sentia bafos de café e frio e um buraco no estômago. Marco não estava, minha mãe não estava, meu irmão não estava, meu pai não estava. Abri a boca. Abri. Antes de qualquer palavra, saiu um ar quente há tempos aprisionado. Mas eu abri. Abri e disse Claude pintou *Ajax* e a espada é o centro da obra.

## Agradecimentos

Aos meus pais, Glaucia e Marcio, pelo amor e pelo entusiasmo com esta história e com todas as outras.

Aos meus professores, Claudia Chigres e Paulo Henriques Britto, pelo apoio desde Bakken e por sempre apontarem caminhos nos momentos mais turbulentos da escrita.

A Elizama Almeida, Matheus Ribeiro e Victoria Rebello,por terem segurado nas minhas mãos agitadas (de passarinho) sempre que precisei.

Aos amigos-leitores, Dafne Borges, Giovanna Ramundo, José Landim e Rodrigo Batista, por me manterem animada com a escrita até o fim.

A Carolina Chediak e Joana Passi, por me ajudarem a perceber novas camadas no livro com seus olhares de fotógrafa e artista plástica.

Ao meu editor, João Nunes, por ter acreditado nesse projeto e pela amizade que surgiu das tantas conversas.

A María Elena Morán, pela leitura cuidadosa e por todo o acompanhamento nas horas das difíceis decisões na montagem do livro, e a toda a equipe da Diadorim, que recebeu Claude de braços abertos.

Livro impresso em Junho de 2025 para a
editora Diadorim nas fontes Benton e Fractul